월요병도
산재처리
해주세요

만년 퇴사 준비생을 위한 일주일 심리 상담소

월요병도
산재처리
해주세요

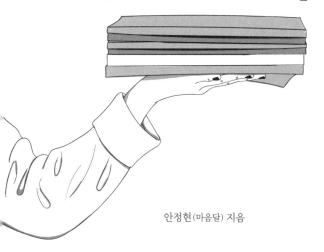

안정현(마음달) 지음

21세기북스

어른으로 살아가는,
용기 있는 당신에게

출근하는 것이 두려워 일요일 밤부터 월요병에 시달립니다. 아침에 일어나는 것도 싫어 죽을 것만 같습니다. 아무리 열심히 일해도 상황은 별로 나아질 것 같지 않은데, 어떻게들 살고 있는 건지 모르겠습니다. 일에 지쳐 축 늘어져 있는 모습은 작고 초라해 보이기만 합니다. 절벽 끝에 서 있는 것처럼 불안한데도 일은 통 하고 싶지 않고, 회사 일이 적성에 맞는지 생각할 여유조차 없습니다. 퇴사하고 쉬면 좀 나아지지 않을까 싶지만…… 밀린 카드값이 발목을 잡습니다.

일을 왜 해야 하는지 모르겠다, 열심히 살고 싶지 않다, 회사를 관두고 쉬고 싶다, 아무것도 하고 싶지 않다……. 상담실을 찾아오는 많은 사람들이 말합니다. 실제로 이런 솔직한 속내가 하나의 트렌드가 된 것도 같습니다. 타인과 속도를 맞추지 않고 자기만의 길을 가기 위해 다른 직업을 찾고 싶어 하는 사람들도 점점 늘어납니다. 삶을 스스로 통제하고 다양한 기회를 누리기 위해 최근에는 1인 기업가나 예술가가 되고 싶다는 이들이 많습니다. 실제로 온라인에서 블로그나 유튜브, 스마트 스토어로 창업을 하는 이들이 늘기도 했다고 합니다. 직장 밖에서 성공한 소수의 눈부신 사례를 보며, 변화하는 세상에서 혼자만 뒤처진 것 같아 한번 더 회의를 느끼는 직장인들도 적지 않습니다. 대체 뭐가 정답인지 알 수가 없는 셈입니다.

저 역시 상담사로서 활동하기 전, 회사에서 존중받지 못하고 부당한 일에 그저 순응하며 참고 견뎌냈던 시절이 있습니다. 무엇을 잘하는지도 모르겠고 앞으로 무엇을 해야 할지 몰라 무중력상태로 둥둥 떠다니기만 했던 것 같습니다. 예측 불가한 삶 속에서 무거운 짐을

묵묵히 지고 걸어가야만 어른인 걸까, 은연중에 이런 생각을 했던 기억이 납니다.

책을 쓰면서 지금까지 만났던 많은 직장인들이 떠올랐습니다. 월요일부터 금요일까지 번아웃으로 힘겨워하다가도 주말이면 자신을 토닥이며 다시 또 한 주를 준비하는 그들. 일의 기쁨과 슬픔 사이에서 도돌이표를 반복하면서도 삶을 계속해나가는 용기를 가진 이들, 사회인으로서의 페르소나와 진짜 나라는 사람의 정체성 사이에서 고민하는 이들까지. 그들에게 나누고 싶은 이야기를 이 책에 담았습니다.

서른이 넘어도 여전히 방황하고 있다면 반복되는 바쁜 일상에서 아주 작은 즐거움을 찾아내기를, 눈부시게 반짝이지 않아도 지금 하루하루를 걸어가는 자신을 토닥이며 마음이 보내는 신호에 귀를 기울여보기 바랍니다. 그 과정에서 이 책의 상담 이야기들이 조금이나마 디딤돌이 된다면 더할 나위 없겠지요.

목차

Part 1   [월요일]

月   이번 주는 또 어떻게 견디지?

: 월화수목금금금, 반복을 견디는 힘

Part 2   [화요일]

火   아침에 일어나기 싫은 거, 나만 그래요?

: 번아웃과 리셋 사이에서

Part 1

[월요일]

이번 주는 또 어떻게 견디지?

- 월화수목금금금, 반복을 견디는 힘

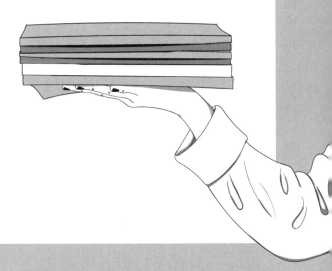

月 ────────────────────────

일의 무의미함을
견딜 수 없습니다

영주 씨는 하고 있는 일이 너무 지겹다고 합니다. 우울하고 무기력한 감정을 어떻게 해야 할지 모르겠다네요. 당장 이직을 하거나 퇴사를 준비하는 것은 아니지만, 빨리 그만두는 게 나을 것만 같다고요. 삶에서 뭔가가 빠진 듯한 느낌이라고 했습니다. 몸은 점점 지치고 일은 더 힘들어져서, 빨리 그만두는 게 나을 것만 같다고 아무것도 하기 싫은 날들이 반복된다고도 했죠. 월급도 괜찮은 편이지만 도저히 견딜 수 없는 순간들이 있어, 지금 이 일 말고도 할 수 있는 다른 일들을 무작정 찾아다니기도 합니다.

시시포스처럼, 무의미하게 일해야 하나?

그리스신화 속 시시포스는 바윗덩어리를 굴려 정상으로 올리면 다시 그 바위가 굴러 떨어지고, 그렇게 반복되는 노동에 끝없이 시달려야 하는 운명입니다. 신의 비밀을 알렸다는 이유로 받은 형벌이었죠. 그리스신화에는 무의미한 일을 끊임없이 해야 하는 또 다른 인물이 등장합니다. 밑 빠진 독에 계속해서 물을 부어야만 하는 다나이드들입니다. 다나오스의 50명의 딸 다나이드들은 아버지의 명령에 따라 결혼식 날 밤 남편들을 죽였습니다. 단 한 명의 딸 휘페름네스트라를 제외하고요. 그들은 그 벌을 받아 의미 없는 일을 반복해야 했죠. 직장일이란 때론 이처럼 무의미하고 지루해서, 자유를 잃어버리는 형벌 같은 느낌을 주기도 합니다.

일을 의미하는 프랑스어 '트라바이유travail'의 어원은 라틴어 '트리팔리움tripalium'입니다. 트리팔리움은 말의 발에 편자를 박기 위해 말을 묶어놓은 세 개의 기둥을 뜻합니다. 일이란 고통이며 그 힘든 일을 견뎌야 한다는 개념으로 본 것이죠. 직장에서 스트레스를 받는 원인 중 하나는 일의 의미를 모를 때입니다. 내가 하는 일을 무엇 때문에 해야 하는지 모를 때, 일의 의미는 점점 사라지고 힘겨움만 남습니다.

최근에는 일을 왜 해야 하는지 모르겠다는 이들을 자주 만나게 됩니다. 그러다 보니 오히려 열심히 살지 않거나 아무것도 하지 않는 것이 대세인 것 같네요. 회사 일이 힘들다는 이야기를 부모 세대에게 하면 사는 게 다 그렇고 먹고사는 게 힘든 것은 당연하다는 대답, 그냥 하던 일 그대로 꾸준히 하라는 말을 듣곤 하죠. 남의 눈에 좋은 회사를 다니며, 특별한 불만은 없는데 우울감과 무기력감을 느끼기도 하고요. 이들은 삶의 의미를 잃어버렸다고 합니다. 삶의 목적의식을 상실했을 때 살아가는 게 더 힘들어집니다. 우울을 세로토닌 호르몬의 문제로만 보기에는 너무나 다양한 이유가 존재하지요.

가족을 위해서 생계유지를 하는 것이 중요했던 시절, 일의 적성과는 상관없이 직장을 다니는게 당연했던 세대에게 일은 당연한 의무였습니다. 먹고살기 힘든 시대였고 경제부흥기였기에 결핍을 채우는 것이 중요했습니다. 그런 시절을 겪은 부모 세대에게 힘든 고생을 마다하거나 의미를 추구하는 젊은 세대의 행동이 눈에

거슬릴 수도 있겠죠. 그러나 한 직장에서 오래 일하고 은퇴가 보장되는 미래는 사라졌습니다. 힘든 일을 견뎌내고 은퇴 이후 여유롭게 살겠다고 생각하는 청년은 근래 만나기 힘듭니다.

회사가 미래를 책임지지도 않고, 현재 무엇을 하고 싶은지도 모르겠고, 어떤 일을 해야 할지도 모르겠다는 이들이 많습니다. 아울러 왜 살아야 하는지, 무엇 때문에 일해야 하는지 모르겠다며, 삶의 이유와 일해야 하는 이유를 상담사인 제게 묻는 이들도 많지요. 최근에는 짧고 보기 쉬운 글들이 유행하는 터라, 청년들의 생각도 단순해 보이지만, 실존주의적인 질문을 하는 이들도 점차 늘고 있습니다.

몸이 축 늘어질 때, 삶의 의미를 도통 알 수 없고 사람들을 만나고 싶지 않을 때, 먼저 몸의 신호를 점검해봐야 합니다. 실제로 응급실에 가거나 여러 병원을 전전한 뒤에도 해답이 나오지 않아 상담실에 온 경우가 많습니다. 약물치료만으로는 해결되지 않는 우울감을 호소하는 이들도 많지요. 일은 하고 있지만 소속감을 느낄 수 없고 고립감을 느끼게 될 수도 있습니다. 무의미함에 대해 느끼는 고통을 우울증의 일환으로 치부해

버리기 전에, 먼저 자신의 마음에 귀를 기울여봐야 합니다. 값싸고 단순한 해결책에 주의를 기울이는 대신, 괴로움의 근원을 파악하기 위해 탐색하다 보면 자신을 더 확실히 들여다보게 될 거예요.

나의 정체성, 이름을 빼앗기다

미야자키 하야오 감독의 〈센과 치히로의 행방불명〉에서 치히로의 부모는 음식을 탐하다가 돼지로 변하고 말지요. 주인공 치히로는 부모님과 함께 현실로 돌아가야 한다고 결심합니다. 우여곡절 끝에, 밤마다 신들이 놀러오는 온천의 주인인 마녀 유바바에게 이름을 뺏기는 조건을 걸고 온천에서 일하게 되지요. 유바바는 치히로의 이름을 '센'으로 바꿉니다.

이름은 사람의 존재 의미와도 같지요. 센이 원래 이름을 기억하지 못하면 예전 세계로 돌아갈 수 없습니다. 자신의 진짜 이름을 기억해야만 마법에서 풀려납니다. 대부분은 온천에서 일하느라 바빠서 자신이 누구인지 잊게 되지요. 일터에서 일하는 것은 의미 있지만 그러면서 개인의 정체성을 잃어가기도 합니다. 온천 주인인 유바바 말고는 그 누구도 주도권을 가지지

못하죠. 가마 할아범도, 별을 받고 기뻐하는 검댕이들
도 그저 바쁘게 일만 할 뿐입니다. 주인 유바바는 그들
의 노동에 대해 감사는커녕 당연하게 여깁니다. 하지
만 센은 자신의 세계로 돌아가기 위해, 이곳에서 일하
는 목적을 잊지 않고, 물질로 호감을 표현하는 가오나
시의 호의도 거절합니다. 온천에서 돈을 많이 버는 것
이 목적이 아님을 기억하고 있었죠. 다른 이름으로 불
리더라도 자신이 치히로라는 사실을 잊지 않았던 것입
니다.

영주 씨가 우울하고 무기력해지는 이유를 '생물학
적-심리학적-사회적 모델bio-psychology-social model'로 보아
야 합니다. 호르몬의 문제뿐 아니라 반복되는 일, 환경
과 사회적인 상황에서 의미를 찾지 못하기 때문이기도
하니까요. 의미를 찾는 삶을 살지 못할 때 고통이 반복
됩니다. 직장 생활이 힘든 이유는 삶의 주도권을 빼앗
기기 때문이며, 주도권을 빼앗긴 이들은 쉽게 무력감
을 느끼기 때문일 겁니다.

우울의 원인은 개인뿐만 아니라 환경 문제에서 비롯
될 수도 있습니다. 무엇보다 직장에서는 통제권이 상
실되거나 원하지 않는 일들을 해야 하는 순간들이 많

지요. 하루하루 성장하는 느낌을 받지 못하며, 타인에게 무시당하고 되풀이되는 일상이 점점 힘겨워집니다. 우울증에 걸린 사람들을 그저 병이라는 프레임에 묶어두지 않고, 삶의 의미를 다시 찾아가도록 돕는 게 더 중요합니다.

롤로 메이는 《권력과 거짓순수》에서, 삶의 의미를 잃어버리는 데서 거대한 폭력이 시작된다고 했습니다. 우리에게는 의미를 찾기 위한 내적 투쟁이 필요합니다. 의미는 타인이 만들어주는 것이 아니라, 스스로 만들어가야 하는 것입니다.

prescription.

**일의 의미를 찾기 위한 탐색을 멈추지 않는다면,
자신이 원하는 삶과 일을 깨닫게 될 거예요.**

月 ────────────────────────────────

저 사람만 아니라면,
버틸 수 있을 것 같아요

주민 씨는 같이 근무하는 동기와 함께 일하기가 고통스럽다고 합니다. 대학을 나와서 사무 관리를 하고 있는데, 동갑내기 지인은 은근히 신경을 긁습니다. 함께 회의하는 것도 불편하고 매번 무시당하는 것 같아 불편합니다. 상사에게 가서 동기 때문에 힘들다고 피력해보기도 했지만, 평화주의자인 팀장은 그러려니 하며 잘 일해보자고 독려할 뿐이죠. 속으로는 계속 불만이 쌓여가고, 동기는 일도 제대로 못하는데 팀장이 마냥 편드는 것 같아 일을 그만두고 싶을 정도라고 하네요.

세상에는 참 알 수 없는 사람들이 많습니다. 어떤 직업을 선택해도, 어떤 회사에서도 마찬가지인 듯해요. 기본 예의도 지키지 않는, 도대체 무슨 생각으로 살아가는지 이해되지 않는 이들이 분명 존재합니다.

직장내괴롭힘금지법

근로기준법 제76조, 일명 직장내괴롭힘금지법이 2019년 7월 16일부터 시행되고 있습니다. 지위의 우위를 이용했는지, 정신적 신체적인 고통을 주었는지를 주로 점검하지요. 개인사를 소문내는 것, 회식 강요, 폭언, 지나친 감시 등이 문제가 됩니다. 이 법이 실제 제대로 활용되고 있는지는 잘 모르겠지만, '태움'이 자주 발생하던 병원들 가운데, 언어폭력에 대해 이제 더 민감하게 대처하는 곳이 늘었다고 전해 들었습니다. 다행스러운 일입니다.

'마이크로어그레션microaggression'은 아주 작지만 미묘한 차별입니다. 나이, 장애, 성별 등으로 사람을 차별하며 미묘하게 힘들게 하는 이들이 있지요. 이런 아주 소소한 차별들이 삶을 힘들게 합니다. 하지만 타인을 차별하기를 일삼는 이들에게 분노를 표현하면 도리어 예민하게 군다고 비난합니다.

직장 생활에서 타인을 힘들게 하는 이들 중에 수동 공격적인 이들이 있습니다. 동료를 은근히 화나게 만들고는 자신은 잘못이 없다고 합니다. 일도 제때 하지 않고 꾸물거리거나 미루기도 하고, 타인이 하는 일을 낮게 평가하고, 잘못을 인정하지 않고, 타인을 비난하기 일쑤죠. 내면에 날카로운 칼날이 많아서 그 칼을 타인에게 휘두릅니다. 다른 사람에게 교묘히 무안을 주고 잘난 사람을 시샘합니다. 칭찬인지 욕인지 알 수 없는 말을 하곤 해서, 상대방은 정확한 원인은 모른 채 불쾌해집니다. 그들은 스스로를 착한 사람으로 보이고자 하며 타인을 나쁜 사람으로 만들려고 합니다. 적절히 화내는 방법을 모르기에 억압해온 분노를 타인에게 풀어버립니다.

개념이라고는 찾을 수 없는 사람들은 어디에나 있는 것 같아요. '사이코 질량보존 법칙'이 정말 사실인지, 문제의 한 사람이 가면 또 다른 사람이 반드시 옵니다. 어떤 회사에든 꼭 있는 그 사람 때문에 다수가 고통을 받지요. 게다가 정작 그는 자신이 잘못하고 있다고 생각하지 않습니다. 이런 사람들을 일반적으로 '사이코패스'라고 하는데, 심리학으로 분류하면 성격장애에 포함됩니다. 편집성 성격장애자는 타인을 의심하고 잦은 다툼을 일으킵니다. 자기애성 성격장애는 비난을 참지 못하고 다른 사람을 무시하며, 결함이 나타날 때 견디지 못합니다.

상담을 하면서 다양한 사람들을 접해왔습니다. 부모는 괜찮은데 아이에게만 조금 문제가 있으니 아이의 전생을 해결해달라거나, 데스크에서 왜 자신의 이름을 부르냐며 개인정보 보호가 안 된다고 소리를 지르기도 합니다(그렇다면 어떻게 불러야 하냐고 묻자 정작 대답은 하지 못했습니다). 이제 대학을 갓 졸업한 전문상담 교사가 문제 학생 상담을 힘들어하자, 다른 상담 기관에 의뢰하고서는, 문제 학생이 가출하니 상담 기관이 잘못한 탓이라며 이해할 수 없는 갑질을 하기도 합니다. 상담자라면 무조건 친절해야 하고 무조건 요구사항을 들어주어야 한다는 기괴한 논리로 착취하려 드는 거지요. 물론 상담자라도 그러한 억지를 받아줄 이유는 전혀 없답니다.

'데스 노트'라도 있었다면

힘들게 하는 사람들 때문에 화가 날 때 영화 〈데스
노트〉가 떠오릅니다. 라이토는 죽음의 신이 가진 '데스
노트'를 우연히 얻게 되지요. 그는 세상에서 없어져야
마땅하다고 생각한 이들의 이름을 적기 시작합니다.
그리고 그들은 실제로 죽어갑니다. 라이토는 심판자가
되었고 또 하나의 신이 된 것이죠. 그는 범죄 없는 사회
를 구현하겠다는 하나의 신념을 갖게 됩니다. 그는 '키
라killer'로 불리게 되고 데스 노트에 적힌 이름은 점점
더 늘어갑니다. 범죄율은 70%나 내려가고 사회는 전
보다 안정을 찾았습니다. 죽어야 할 자들이 죽으니, 세
상은 한결 편안해진 것 같았죠.

라이토는 죽어 마땅한 사람의 이름을 적으면서 스스
로 전지 전능하다는 감정을 느끼기 시작합니다. 하지
만 이내 자신의 비밀을 지키고자 무고한 이들을 죽이
기 시작합니다. 결국 사신에 의해 라이토 본인의 이름
이 노트에 적힌 뒤 그도 죽고 말지요.

살아가면서 언제 어디에선가, 어떤 논리로도 이해
가 가지 않는 사람들을 겪을 때마다, 정말로 정의가 존
재하길 바라게 됩니다. 그들은 이편과 저편을 나누기

도 하고 교묘하게 타인에게 죄책감을 안기곤 하죠. 직장에서 이런 사람들을 만나면 타격이 큽니다. 이리저리 생채기를 내고 동료들을 불편하게 하니까요. 그런 사람들을 생각하고 싶지도 않은데, 오히려 퇴근 후에도 더 생각이 나니 문제입니다. 이런 보기 싫은 사람들 때문에 차라리 고립되고 싶어지기도 하죠. 더 놀라운 사실은 이들도 자신이 피해자라고 생각한다는 점입니다. 다른 사람들이 자신을 이해하지 못한다고 여기거나 억울해합니다.

쓰레기와 싸우지 말고 치워버리기

가수 양준일 씨가 인터뷰에서 했던 말이 오래 기억에 남습니다. 인생이 롤러코스터 같았고 머릿속 쓰레기를 많이 버려야 했다고, 그 남는 공간을 과거로 채우지 않으려고 노력했다고 말이죠. 그가 얼마나 열심히 노력하면서 살았는지 표정을 통해 충분히 알 수 있었습니다. 타인에 대한 불신과 미움이 가득했다면, 그런 편안한 표정과 얼굴을 가질 수 없었을 테니까요.

우리에게는 말 못할 과거가 아니더라도 지우고 싶은 미운 사람들이 있습니다. 그들에 대한 생각이 먼지처럼 차곡차곡 쌓일 때도 있죠. 그들이 내 삶을 좌지우지 못하게 하려면, 그들과 거리두기를 하면서 그런 쓰레기들을 계속 버려가야 합니다. 니체가 《선악의 저편》에서 "괴물과 싸우는 사람은 그 싸움 속에서 스스로 괴물이 되지 않도록 조심해야 한다. 우리가 괴물의 심연을 오랫동안 들여다본다면, 그 심연 또한 우리를 들여다보게 될 것이다"라고 한 것처럼요.

라이토가 듀크라는 사신을 홀로 보며, 커다란 증오를 안고 사는 것도 마찬가지일 거예요. 그들을 용서하거나 이해하기란 쉽지 않습니다. 이해가 가지 않는 이들은 언제, 어디에나 존재합니다. 대응이 되지 않으면, 누군가와 그들에 대해 함께 이야기를 나누며 해소하거나, 그런 이들이 나를 함부로 대하지 않도록 적절히 대처하는 자세가 필요합니다.

누군가를 미워하면 할수록 내 표정도 점점 더 어두워지고 그들과 닮아갈지도 모릅니다. 쓰레기는 쓰레기통에 버리고 내 마음의 정원을 지키겠다고 다짐할 것, 싫은 사람에게 내 시간을 단 1분이라도 쓰지 않겠다는 의지를 다질 것! 미운 사람에 대한 가장 현명한 대처법입니다.

prescription.

지금 내 마음이,

미워하던 사람과 닮아가고 있는지

들여다보세요.

月 ────────────────────────────

싫은 소리를 하기가
힘들어요

"언제까지 회사에 다닐 수 있을지 모르겠어요. 선생님, 팀장 자리가 너무 힘들어요. 팀원으로 있기에는 나이가 많고, 이제 책임자로 올라가야 하는 게 맞긴 한데, 어떻게 해야할지 모르겠어요. 팀원들은 자기들끼리만 친하게 지내는 것 같고, 해야 할 일을 지시해도 제때 처리하지도 않고 은근히 저를 따돌리는 것 같아서 힘들어요."

경력 8년차 혜나 씨는 회사를 그만두고 싶다고 했습니다. 혜나 씨는 팀원들에게 일을 시키는 것도 눈치 보이고, 팀장 승진에서 밀려난 또 다른 팀원은 삐딱하게 행동해서 더 힘들다고 토로했습니다. 회사 내에서 따돌림 당하는 듯한 기분은 물론이고요. 헤나 씨는 상사로부터 칭찬받는 게 좋아서 밀린 일도 도맡아서 했고, 매달 월급을 받아 적금을 붓는 뿌듯함에 만족하며 직장 생활을 했습니다. 일을 잘하니 믿을 만한 사람으로 인정을 받았고, 더 높은 연봉을 제시한 회사로 옮겼는데 1년도 채 안되어 팀장 자리에 올랐습니다.

헤나 씨에게 성공에 대한 열망은 적었습니다. 윗사람에게 칭찬받는 역할로 만족했지요. 그런데 남에게 지시하는 것도, 남을 평가하는 것도 어려웠고, 팀원들 사이에서 더 외로워졌습니다. 성공이나 성취를 생각하기보다는 착한 여성, 칭찬받고 인정받는 회사원으로서의 역할에 초점을 맞추었죠.

직급이 올라갈수록 불편해요

여성의 성공을 다룬 드라마들을 살펴보면, 욕망에 솔직한 여성은 주인공을 시기하는 조연에 그치고, 비련하고 가난한 성장 과정을 겪은 캔디형 여자주인공은 역경을 이겨낸 뒤 결국 사랑과 성공을 모두 쟁취하는 경우가 많습니다. 주인공은 외로워도 슬퍼도 울면 안

되고 참고 또 참고는 하는데, 그 과정을 지켜보며 답답할 때가 한두 번이 아니었습니다. '흙수저'로 태어났지만 높은 자리에 올라가고 싶은 욕망은 없는데, 일을 열심히 하고, 실수도 잦고 허점도 많지만 우연히 만난 본부장님이나 실장님에게 늘 사랑받곤 하지요. 드라마의 전형적인 공식입니다.

그런데 드라마 〈검색어를 입력하세요 WWW〉는 달랐습니다. 예전 같으면 여주인공을 괴롭히는 조연급이었을 포털사이트 전략본부장, 이사, 기타 본부장 등 성공한 여성들 이야기가 주가 되었습니다. 사무실에 함께 근무하는 동료들도 하나같이 개성 있고 매력적이어서, 실제 이런 회사는 없을 것 같다는 생각이 들긴 했지만요. 아무튼 주인공들은 일자리를 잃기도 하고, 반대 세력으로부터 음해도 당하면서 여러 사람과 갈등을 겪지만 이내 이겨냅니다.

진급할 때마다 마음이 불편하다며, 팀원 관리를 제대로 할 수 있을지 염려하는 여성들을 자주 봅니다. 상사가 시키는 대로 맡은 일만 잘하면 인정받고 칭찬도 자주 들었습니다. 그러나 팀장이 되면서 필요한 경우 아랫사람에게 쓴소리를 해야 할 때도 많은데, 명령하고 지시하는 권위를 갖는 데 불편해하는 이들이 있기 마련이죠. 멘토로 삼을 만한 선배가 없을 때 그런 염려가 더 심해지곤 합니다. 어떤 회사를 가든 이런 상황은 피할 수 없으니, 걱정이 밀려옵니다.

당신의 피, 땀 그리고 눈물

드라마 〈검색어를 입력하세요 WWW〉의 차현이 집에도 못 가고 코피를 흘리면서 밤새던 과거 회상 장면은, 여성이 리더 자리에 올라가기까지 얼마나 힘든 시간을 견뎌야 하는지 보여줍니다. 회사에서 직급을 줄 때는 각 개인이 그 위치에 오를 만큼 노력했다는 사실을 기억해야 합니다. 혜나 씨가 회사에서 요구하는 성과를 내기 위해 잠도 제대로 못 자고 일했던 시절에 대한 적절한 보상이 팀장이라는 직급입니다.

혜나 씨는 착한 사람, 좋은 사람이라는 평판, 즉 다른 사람의 인정에서 벗어나야 했습니다. 아무리 친절하게 대해도 타인의 반응은 알 수 없습니다. 누군가를 사랑한다고 해서 반드시 같은 사랑으로 돌아오지 않는 것과 마찬가지죠. 승진에서 탈락한 동료에게 미움을 받거나 갈등이 생길 수도 있고요. 부당하다고 느끼지만 이유 모를 미움을 받기도 합니다.

혜나 씨는 팀원들에게 자기주장을 하는 방법을 배워야 할 필요가 있었습니다. 혜나 씨는 의사를 제대로 표현하고 말하는 법을 배우지 못했습니다. 어린 시절부터 좀 더 조용히, 유순하고 부드럽게 행동하라는 말을 들으며 자랐기 때문입니다. 어머니에게 '네가 남자였어야 하는데'라는 말도 자주 들었다고 합니다. 늘 오빠가 먼저였던 가부장적인 집안 분위기에서 이등시민 같은 기분이었습니다. 인정에 목말랐던 그녀는 회사에서 한번 칭찬을 받자 그 누구보다 성실하게, 열심히 일했다고 해요.

하지만 이제 혜나 씨는 윗사람뿐 아니라 아랫사람과 관계를 맺는 방법을 배워야 했습니다. 무례한 팀원에게 그러면 안 된다고 말하는 경계선을 긋는 힘 또한 필요했고요. 돌봄 영역에 익숙한 여성들은 누군가를 이끌기보다는 지원하는 입장이었던 적이 많습니다. 그러다 보니 리더가 되어 앞서간다는 게 불편하고 두려울 수 있습니다. 그러나 세상은 달라지고 있고 이제는 여러 역할을 동시에 할 수도 있고, 해야 합니다. 이제 타인을 보조하고 돕는 역할만 하거나 그저 참기만 하는 게 더는 정답이 아닙니다. 상사가 되었는데 부하직원이 지시사항을 제대로 지키지 않을 때, 잘못된 부분에 대해 분명하게 지적할 수 있어야 합니다. 뒤에서 불편한 소리를 듣더라도 할 말을 해보는 연습이 필요하고요.

갈등관리 유형 다섯 가지

둘 이상인 조직에서는 언제든 갈등이 생길 수 있습니다. 갈등을 경험할 때 주로 어떻게 대처해야 할까요? 심리학자 토머스와 킬먼Thomas & Kilmann은 '직무 스트레스를 받을 때의 갈등관리유형'에 대해 연구합니다. 자신의 욕구만 충족시키는 독단적인 성향과 상대방 입장을 고려하는 협조적인 성향을 조합한 뒤 회피형, 양보형, 협력형, 타협형, 강요형으로 분류했습니다. 회피형은 갈등 상황을 무시하고, 자기주장을 하지도 않고 적극적으로 노력하지도 않습니다. 양보형은 상대방에게 맞춰주기만 하다가 내면에 부정적인 감정이 쌓여갑니다. 강요형은 자기주장이 강하며 공격적으로 행동합니다. 타협형은 서로가 적절히 만족하도록 일부는 양보하고 일부는 쟁취합니다. 협력형은 모두가 최대의 만족을 얻도록 합니다.

혜나 씨는 갈등 상황을 무시하거나 지나치게 타인에게만 맞추려고 한 경우입니다. 따라서 팀원이었을 때는 특별히 힘들지 않았겠지만, 팀장으로서는 자기주장을 키워가야 했습니다. 일 잘하고 지시사항을 잘 따르는 사람으로 인정받아왔지만, 지시를 내려야 하는 팀장 역할을 맡은 뒤로는 인정받기도 힘들고 관계에서는 좌절감을 겪어야 했죠. 이렇게 낮아진 자존감은 어떻게 회복할 수 있을지 살펴봐야 할 단계입니다.

낮아진 자존감, 자기효능감이란 무엇일까?

자기효능감은 환경 내에서 원하는 결과를 얻기 위한 자신의 능력에 대한 믿음입니다. 심리학자 밴두라Bandura는 자기효능감이 성공 경험, 대리 경험, 언어적 설득, 생리 상태나 정서 상태에 따라 영향을 받는다고 했지요. 혜나 씨의 경우, 능력을 믿어주는 뛰어난 상사를 따르면서 그를 모범으로 삼아 업무 성취에 따른 성공 경험을 쌓았습니다. 그러나 타인을 언어로 설득하지 못하고 있고, 좌절감으로 인해 긴장과 불안이 더 높아졌습니다. 따라서 자신감도 잃고 무엇도 제대로 하지 못하게 되었다고 생각하게 되었죠. 이렇게 자기효능감이 점점 낮아졌습니다. 이런 때 퇴사하거나 상황을 회피할 경우, 성공을 경험할 기회를 잃게 되고 타인과의 관계를 변화시킬 수 있다는 믿음도 가질 수 없게 되죠.

혜나 씨에게 일은 어렵지 않았지만 자기주장을 펼치는 것은 힘들었습니다. 타인에게 부정적인 말을 해본 적이 없으니 어색하고 낯설기까지 했죠. 원하는 바를 이야기할 때 상대가 말을 받아주리라는 보장도 없고, 괜히 미움받을까 봐 두렵기만 했던 겁니다. 이 문제 때문에 혜나 씨가 몸이 심각하게 아플 정도로 힘들다면 회사를 그만둘 수도 있겠죠. 그러나 하고 싶은 말이 있을 때 제대로 말해보는 경험을 해볼 기회는 줄어듭니다.

이제는 꾹 참고 말하지 못하고 넘기기보다는 할 말을 해야 합니다. 감정적으로 대응하지 말고 사실관계는 사실관계대로 이야기하는 요령을 연습해야 하지요. 팀장이 된 혜나 씨는 이제 직원으로서의 역할을 고집하기보다는, 팀장으로서 할 수 있고 해야 하는 역할에 대해 고민하고 표현해야 합니다. 처음엔 분명 어려울 테니, 할 말을 미리 써보는 식의 연습이 도움이 될 겁니다. 이렇듯 우리 모두는 사회적으로 달라지는 역할에 따라 계속 노력하고, 수정하고, 성장해야 합니다.

prescription.

갈등을 무시하지 않고 해결해 나갈 때,
자존감도 더욱 단단해집니다.

月 ─────────────────────────────

지치고 힘들 땐 어떻게
나를 채워가야 할까요?

지치고 힘들 때 어떻게 충전하시나요? 쇼핑이나 음식으로 달래기도 하고 음주나 SNS, 핸드폰 중독에 빠지기도 하겠죠. 일이 너무 많을 때는 사실 제대로 쉬는 게 가장 좋겠지만, 막상 일을 멈추고 쉬어야 할 때는 무엇을 어떻게 해야 할지조차 모르는 경우가 많더군요.

연약한 나를 솔직하게 드러낼 용기

우선 일에 지치거나 힘들 때, 내면을 들여다보아야 해소의 실마리를 얻을 수 있을 겁니다. 브레네 브라운의 《진정한 나로 살아갈 용기》를 읽었습니다. 제목이 마음에 와닿았습니다. 저자는 힘들 때면 욕을 하거나 기도를 하는 방법으로 마음을 달랜다고 합니다. 욕은 힘든 마음을 솔직하게 토로하는 하나의 방법이 아닐까 싶어요. 비슷하지만 조금 다른 방식이 기도입니다. 저 또한 힘들 때마다 솔직한 마음을 털어놓으며 기도를 하곤 합니다. 우리에게는 '연약함을 드러낼 용기'가 필요하니까요. 종교를 갖고 있지 않다면 명상으로도 충분합니다.

상담을 하면서 이따금 내담자의 공격성까지 품어야 하는 때가 있어서 힘들기도 하고, 지치기도 합니다. 아무리 상담자라고 해도 타인의 감정을 듣고 받아들이는 일은 늘 힘겹습니다. 우리는 홀로 고통스러운 시간들을 감내하기도 하지만, 때로는 혼자만의 힘으로는 부족합니다. 그럴 때 솔직하게 토로하는 과정이 필요한 거죠. 그들이 보이는 공격성 또한 치료를 위한 단초라 여기면 조금은 참을 만해집니다.

일을 유지할 수 있는 비결

삶에 꼭 필요한 요소지만 때론 삶을 더 지치고 힘들

게 만드는 일. 그 일과 더불어 어떻게든 살아나가려면 몇 가지 요령과 노력이 필수입니다.

첫째, 회사 일을 꾸준히 해나가는 힘을 줄 원천을 찾아보세요. 일하다 보면 한 발도 나아가지 못할 것처럼, 한계에 부닥치는 때가 오곤 합니다. 이럴 때는 어느 정도 기계적으로 일할 수 있는 루틴을 만들어놓으면 더 쉽게 그 시기를 지날 수 있습니다. 제 경우 상담을 시작하기 전 기도로 시작하고, 상담 과정에 필요한 물품들이 잘 준비되어 있는지 확인합니다. 상담 시작 전에 사소한 루틴을 만들고 실행한 뒤, 그때부터 시작이라는 의식 상태를 만드는 거죠.

두 번째, 퇴근 후에는 가능한 직장과 생활의 경계를 두어야 합니다. 언제 어디서든 연결되는 메신저는 편리하지만 그만큼 문제도 많죠. 직장인들은 퇴근 뒤에는 자기만의 시간을 갖기를 원하지만, 퇴근한 뒤로도 상사로부터 수시로 받는 문자메시지 때문에 힘들어하곤 합니다. 회사 문을 닫고 나왔는데도 직장 생활이 끝없이 반복되는 것 같다고 하더군요. 거절하는 게 쉽지는 않지만, 답을 늦게 하거나 때론 하지 않거나, 집에 온 뒤라면 핸드폰 전원을 꺼둘 수도 있습니다. 저 또한 상담 시간을 마치면 연락을 받지 않습니다.

세 번째는 자신의 욕구를 찾는 것입니다. 욕구에 대해 기록하기만 해도 의미가 있고 기분이 해소되는 효과가 있습니다. 저의 경우엔 타인의 이야기를 듣는 일을 하니, 그 시간만큼 제 마음에 있는 것들을 쓰는 시간을 꼭 갖습니다. 자신이 누구인지 인식하고 찾아나가기 위한 시간이 필요합니다. 그러려면 하루 한 시간이라도 온전히 자기만의 시간을 만들고, 분기별로, 연단위로 자기만의 프로젝트를 만들어야 합니다.

나만의 프로젝트 만들기

직장인은 자신의 시간을 회사에 제공하고 그 시간에 필요한 노동을 통해 급여를 받지요. 그렇다 보니 여가 시간을 충분히 제공하는 회사는 드뭅니다. 회사는 개인의 성장까지 끝까지 책임지지 않죠. 회사에 다니던 시절, 프로젝트 때문에 한 달 동안 거의 밤샘하며 지내곤 했습니다. 일이 많다 보니, 지쳐서 집에 오면 다른 어떤 여가도 누리지 못하고, 누워서 텔레비전을 보거나 게임을 하거나 인터넷 서핑을 하다가 잠들곤 했습니다. 커다란 바위를 매일 굴려야 하는 시시포스처럼,

일을 마치고 늦은 밤 들어와 쓰러진 뒤 다음 날 아침 바로 출근하기에만도 바빴으니까요.

회사를 다니는 시간 이외에 자신만의 시간을 반드시 확보해야 합니다. 주말이든, 매일 오전 30분이든, 특정한 시간에 자신만의 루틴을 설정해보세요. 타인이 나를 침범하지 않는 고유한 나만의 시간은 하루 중 언제라도 좋습니다. 바라는 그 무엇을 생각하든, 실행하든, 무엇을 해도 괜찮은 시간을 가져보세요. 그 시간만큼은 누구도 당신의 삶을 방해하지 않습니다. 인생에서 모험이라는 것은 1년에 한 번씩 멀리 해외여행을 가야만 이루어지는 것은 아니라는 사실도 잊지 마세요.

저는 차를 한잔하고 글을 쓰는 시간을 하루에 한 번 반드시 가집니다. 처음엔 어색하기도 했고, 글을 쓰자니 무엇을 써야 할지 알 수 없어 흰 여백을 바라보며 멍하니 앉아 있었습니다. 진정한 '나만을' 위한 글쓰기는 중학교 때 작문 시간 이후로 해본 적이 없는 듯했습니다. 그러나 매일 어떻게든 조금씩 글을 쓰기 시작하면서 저 스스로 바라는 것이 무엇인지 찾아갈 수 있었습니다. 그 과정, 어떤 말을 쓰고 전하고 싶은지 알아가는 과정 자체가 저를 성장시켰음은 물론이고요.

하루에 조금씩이라도 글을 쓰고 난 뒤, 저는 분명 달라졌습니다. 저는 오전에 글을 쓰는 시간 동안, 상담하면서 힘들었던 경험을 적기도 하고 이런저런 소망을 적어보기도 하면서 결국 작가로서의 삶까지 꿈꾸게 되었습니다. 조금씩 제 안에 쌓인 이 시간이, 제 삶의 큰 원동력이 되어주었다는 것은 절대 부정할 수 없겠네요.

회사 밖에서 내가 가질 수 있는 시간을 발견하세요. 그 시간을 제대로 활용하는 사람만이 삶을 꾸준히, 살아갈 만하도록 만들어나갈 수 있을 테니까요.

prescription.

하루 단 1분이라도
나만을 위한 '루틴'을 만들어보세요.

月 ————————————————————

퇴사는 하고 싶은데
뭘 할지는 모르겠고…

온유 씨는 야근이 잦아 힘들어서 회사를 그만두었지만 취업이 되지 않아 오랫동안 괴로워했습니다. 매달 들어오던 월급이 들어오지 않으니 걱정이 밀려왔고요. 그러다 우연히 지인의 소개로 다른 회사에 입사하고, 이번에는 열심히 다니겠다고 다짐했죠. 그런데 새로 출근한 작은 사무실에서 기가 막힌 일들이 일어났습니다. 면접 때 사무실에서 악취가 나서 이상하다고 생각하긴 했는데, 사장이 사장실에서 담배를 태우는 겁니다. 게다가 팀장은 너무 잔소리가 많아서 온유 씨를 답답하게 만들었죠. 매달 갚아야 할 카드비만 아니면 회사를 그만두고 싶다고 합니다. 회사에 다니지 않을 때는 취업만 되면 좋겠다고 생각했는데, 막상 다시 회사에 다니다 보니 금요일 퇴근 시간만 기다리게 되었죠. 주말 저녁이면 월요일이 다가온다는 생각에 불안이 밀려옵니다. 온유 씨는 이렇게 점점 더 우울해지는 것 같다고 했습니다.

언제까지 이 일을 할 수 있을까요?

앞으로도 특별한 꿈도 없고 멋진 직장인이라는 미래도 없는 것 같았죠. 일은 해야 할 것 같은데, 월급 말고는 의미를 두기도 어렵고요. 온유 씨에게 저는, 어떤 직업인으로 살고 싶은지를 목표로 삼으면 좋겠다고 조언했습니다. 이 직업을 통해서 어떤 능력을 향상시키고 싶은지, 직장에서 하고 싶은 일의 분야를 나누어보고, 흥미를 느끼는 분야는 무엇인지, 원하는 성장이 무엇인지 탐색해보는 것이죠. 온유 씨가 우울해지는 이유는 직업인으로 어떻게 살아야 할지 방향성을 모르기 때문이라고 판단했으니까요.

회사 일이 지겨워서 빨리 그만두어야겠다는 이들을 자주 만나게 됩니다. 도저히 견딜 수 없어서 다른 길로

가야겠다면 결단을 내리고 실행하는 것도 도움이 되겠죠. 하지만 매일매일 먹는 밥과 가끔 먹는 특식은 분명 다릅니다. 밥벌이는 지루할 수 있다고 생각합니다. 반찬은 여러 가지 양념 맛이 나지만 밥은 강한 맛이 없지요. 직업은 취미가 아니라서 책임도 따릅니다. 그러니 지루하고 더 힘듭니다.

일에는 하고 싶은 일과 하고 싶지 않은 일이 섞여 있죠. 제 경우 상담이 천직이라고 생각하긴 하지만, 가끔은 지치게 만드는 일들도 많아서 쉬고 싶은 마음이 들 때도 많습니다. 책 쓰기도 보람 있지만 탈고 작업이나 출간 뒤 해야 할 일들이 힘들기도 하고요. 회사가 맞지 않는 것 같아 고민된다면, 먼저 일이 지겨워진 이유를 찾아보면 도움이 됩니다. 경력에 대해 관심을 두고 보다 먼 시각으로 살펴보는 과정이 필요합니다. 아시다시피 회사가 삶을 보장해주지는 않습니다. 언제든 나만의 일을 미리 만들어나가며 대비하는 과정이 중요한 이유이지요.

지금 회사가 힘들어서 그만두고 다른 회사를 찾으려고 잠시 쉬고 있지만, 온유 씨처럼 재취업이 쉽지 않아서 원치 않는 안식 기간을 더 길게 갖게 되는 이들도 있습니다. 말로는 제한이 없다고들 하지만, 실제로 취업에는 나이 제한이라는 문제도 걸려 있죠. 그렇다 보니 막상 관두고 나서 후회하는 경우가 생깁니다. 매번 반복되는 일상이 지겹다면서 공무원을 그만두고 어린이집 교사가 되었는데 생각보다 일이 고되어 힘겨워하는 지인도 있고, 더 좋은 일자리를 구하기 위해서 유학을 떠났는데 막상 와보니 마땅한 자리를 찾기 더 힘든 상황을 마주한 사람도 종종 봅니다. 다른 일을 구하면 재미있을 줄 알았는데, 막상 그 일도 직업이 되고 나니 반복되는 건 마찬가지였죠. 그러니 전처럼 다시 힘든 일이 되었습니다. 지겨움을 견뎌내고 새로운 직업에 대해 충분한 탐색 기간을 찾는 것도 중요했지만, 지루하다는 이유만으로 회사를 그만두고 나서 이렇게 후회는 점점 더 늘어갑니다.

반복을 견뎌내는 힘

이런 악순환을 불러일으키는 반복, 그렇다면 이 반복을 견뎌내는 힘은 무엇일까요? 곧 망할 것 같다는 출연자의 말이 이해가 되는 프로그램이 있었습니다. 아무리 먹방 프로그램이 유행이라고 해도 하루 종일 시골에서 밥 해 먹는 걸 구경하는 게 재미있을까 의아했죠. 그런데 어찌된 일일까요. 음식을 만들고, 먹고 또 설거지를 하는, 그 반복되는 일상에서 순간의 즐거움을 포착하는 〈삼시 세끼〉의 영상에 전 국민이 빠져들고 말았습니다. 하루 세끼를 만드는 매일 반복되는 일상이지만, 밥과 반찬을 만들어가는 과정에서 조금씩 실력이 향상되는 모습을 보는 것도 즐거웠습니다. 시골에서 밥을 짓고 동물들을 기르면서 수수를 베고, 하루 종일 쉴 틈 없이 보내는 과정에서 육체노동에서 오는 순수한 즐거움까지 느껴졌고요. 특별한 내용은 없는데도 잔잔한 재미가 있었죠. 두 남자가 삼시 세끼를 만들고, 손님이 오면 식사로 맞이하고는 이내 일에 동참시키죠. 투덜거리면서도 끝까지 할 것 다하는 출연자들의 모습도 즐거웠고요. 반복되는 우리의 일상과 별반 다를 게 없는데도요.

니체의 철학을 친절하게 해설하는 책, 고병권의 《천개의 눈, 천개의 길》에 인용된 니체의 말은 이렇습니다. 영원회귀 사상은 주사위 놀이처럼 반복되는 것 같지만 또 다른 차이를 만들어낸다고요. 예능 프로그램에서 PD가 시키는 일만 하던 출연자가 어느새 수수를 베는 작업을 반복하는 동안 그 일을 즐기게 되었듯, 반복되는 일상 가운데 즐거움을 만들어내는 것 또한 우리의 능력입니다.

학교에 가고, 직장에 가고 매번 같은 일만을 반복하는 데 지친다며 아무것도 하기 싫다는 내담자들을 많이 만나곤 합니다. 가끔은 회사에 가기 싫을 때도 있고 조퇴하고 싶을 때도 많겠죠. 매일의 반복을 견뎌내는 건 힘겹습니다. 그래서 가끔은 아무것도 선택하지 않으면서 그 책임을 타인에게 미루기도 합니다. 세상의 구조를 탓하고 그 무엇도 선택하지 않음으로써 책임을 회피하려고 하기도 하죠. 그러니 상담 과정에서 무력감에 함께 하고 버텨주는 과정이 필요하기도 하고요.

일상은 반복되는 하루하루입니다. 저 또한 밥을 먹고 상담을 하고 사람들을 만나는 그 반복된 일상에서 즐거움을 찾아보려고 합니다. 니체가 말한 주사위 놀이처럼, 매번 아주 작은 차이를 발견해내듯 말이죠.

당신의 일은 노동, 작업, 행위 가운데 무엇인가요?

그럼 어떻게 일의 차이를 만들어갈 수 있을까요? 먼저 스스로 일을 어떻게 생각하는지 살펴볼 필요가 있습니다. 《인간의 조건》에서 한나 아렌트는 인간의 활동적인 삶을 노동, 작업, 행위라는 세 요소로 말했습니다. 노동은 생계유지를 위한 일을, 작업은 보다 나은 삶을 위한 창작 활동을, 행위는 타인과 함께 관계를 맺어가며 삶의 의미를 만들어가는 과정을 뜻합니다. 누구나 창의적인 활동을 하며 타인에게 영향을 미치는 삶을 꿈꾸는 게 사실이지만, 현실은 녹록지 못합니다. 노동 자체가 창작이 바탕이 되는 작업이 되면 좋겠지만, 그렇지 못할 경우가 더 많으니 회사 일 이외에 다른 프로젝트를 들어보는 것은 어떨까 제안했습니다.

온유 씨에게 일을 세분화해서 리스트를 만들어보라고 권했습니다. 온유 씨는 회사에서 새로운 프로그램을 만드는 일은 재미있었지만 정산 처리 등 행정 일에는 흥미가 떨어졌죠. 프로그램을 만들고 기획하는 작업을 해보고 싶다고 했습니다. 그러나 향후 하고 싶은 그 일들을 하려면 간단한 회계업무들을 익히는 과정도 필요했습니다. 이렇게 회사 일에서 좋아하는 것과 좋아하지 않는 것들을 나눠보고 찾아보니, 다시 일의 의미가 보이기 시작했습니다. 향후 하고 싶은 진로와 방향에 지금 반복하는 일이 도움된다고 생각하니, 새로운 의욕이 솟아났지요.

프로그램 기획 일에 흥미를 가지면서 온유 씨는 무기력했던 모습에서 벗어나기 시작했습니다. 논문도 찾고 자료조사도 하면서 흥미를 높였죠. 정산 처리 업무를 힘들어했던 이유를 탐색해보니, 실수가 잦아서 혼나는 경우가 반복되었기 때문이었습니다. 꼼꼼하게 살펴보는 일을 여러 번 반복하고 나니 전보다 실수가 줄어들었죠. 프로그램을 완성하고 팀원이 모이고 강사를 초빙하는 과정에서 배우는 것도 많았고, 팀원들의 피드백으로 인해 개선해야 할 점도 익히게 되었습니다. 너무나 지쳐서 힘들었던 적도 많았지만, 온유 씨는 이제 회사 일을 통해 하고 싶은 일에 대해 더욱 제대로 배우게 된 겁니다.

저도 직업을 바꾸긴 했지만, 전에 하던 일들이 의미가 없다고 생각하지 않습니다. 그 일들을 통해서 하고 싶은 일들이 무엇인지 알 수 있었으니까요. 지루하고 하기 싫은 일도 삶에 필요합니다. 원하는 일만 할 수 있는 게 아니기 때문에, 하기 싫은 일도 견뎌야 할 때가 더 많고요. 온유 씨는 분명 같은 일을 했지만, 한나 아렌트가 말했던 대로 인간의 활동적인 삶을 위한 노동에서 벗어나 작업의 행위로 나아가는 변화를 경험했습니다. 프로그램 기획을 창의적인 방법으로 변화시키는 능력은 아주 작은 차이였습니다. 일에 대해서 어떻게 만들어나갈지에 대해 선택할 기회를 놓치지 마세요. 지금 우리의 삶은 우리가 선택한 결과입니다.

prescription.

반복되는 일상 가운데 즐거움을 만들어내는 것 또한 우리의 능력입니다.

Part 2

[화요일]

아침에 일어나기 싫은 거, 나만 그래요?

- 번아웃과 리셋 사이에서

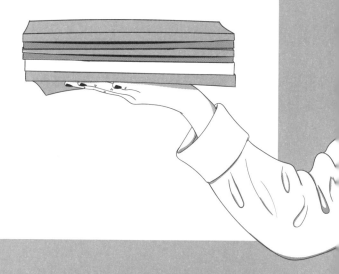

火 ————————————————————————

출근하면 마치 시베리아 한복판에
서 있는 것 같아요

"따뜻한 해가 비치는 베란다에서 그저 가만히 쉬고만 싶어
요. 사는 게 재미없어요. 회사에 출근하면 마치 시베리아
한복판에 서 있는 것 같아요."

5월 어느 날 회사에 출근하기 위해 집을 나서는 순간, 현주
씨는 심장이 강하게 뛰기 시작하면서 숨 쉬기가 힘들어졌
다고 합니다. 결국 응급실에 실려 가고 말았죠. 그 뒤 회사
출근 시간만 되면 엄습하는 불안에 진땀을 흘리며 어지러
움을 느끼는 날이 반복되었습니다.

정신분석에서는 불안을 촉발하는 두려움, 충동을 억압하지

못할 때 공황 증상이 나타난다고 봅니다. 죽을 것 같은 공포에 과호흡이 시작되고, 위험 상황을 느끼면 맥박이 빨라지고 호흡곤란이 일어납니다. 공황 증상은 보통 20~30분 정도 지속되며, 죽음으로 이어지지는 않는다 해도 직접 겪는 이들의 공포는 무시무시하죠. 현주 씨는 공황발작으로 인해 신체 증상에 더욱 민감해졌고, 걱정과 근심이 늘어나면서 다시 극도로 공포심을 느끼는 상황이 반복되었습니다. 현주 씨는 회사에서 착한 사람으로 여겨졌습니다. 회사에서는 부하직원들을 잘 다루고 힘든 프로젝트도 묵묵히 해결하고, 집에서는 집안 모든 대소사까지도 맡아 하면서 크고 작은 일들을 처리하느라 늘 바빴습니다. 현주 씨는 집에서는 강인하고 믿을 만한 배우자이자 부모님의 사랑스러운 딸이었고, 회사에서는 직장 동료이자 상사로서 다른 사람의 필요를 해결해주는 사람이었습니다. 지금까지는 회사에서 인정받으면서 살아가는 데 어려움이 없었습니다.

몸이 말하는 마음의 신호

전환기에 혼란을 겪는 이들을 자주 만나게 됩니다. 전환 관리 전문가로 유명한 윌리엄 브리지스는 《How

to Live 갈림길에서 삶을 묻다》에서 사는 동안 혼란스럽고 예상치 못한 문제가 생겼을 때, 이를 '전환의 신호'라고 했습니다. 예전 방식을 벗어버리고 새로운 삶을 살아가야 하는 통과의례 시기인 것이죠. 이때는 자신의 오래된 생활양식을 떠나보내야 합니다.

내면에서 들리는 변화에 대한 욕구를 무시하면 몸이 신호를 보내기도 합니다. 내면의 외침을 무시하고 감정을 억누르기만 하면 마음을 잘 다독이지 못하게 됩니다. 이때 몸은 고장 난 시계처럼 문제를 일으킵니다. 스트레스 상황에서 억압과 차단이라는 방법만 고수하면 신체 증상으로 치료실을 찾게 되기도 하죠.

현주 씨는 팀을 옮기고 나서 상사 때문에 힘들어졌습니다. 깐깐한 상사는 현주 씨에게 지적과 비난을 일삼았습니다. 뱀파이어 같은 상사 때문에 현주 씨는 회사에 갈 용기가 나지 않았습니다. 타인에게 받는 칭찬이나 격려만으로 존재감을 증명하던 그에게 당연히 무기력감이 밀려올 수밖에 없었죠. 아무리 노력을 한다고 해도 상대가 내 생각대로 움직이지 않을 때가 있다는 걸, 받아들이기가 힘들었습니다.

타인이 원하는 대로만 살아가던 현주 씨에게 생의

활력이 저하되는 순간이 찾아왔습니다. 타인의 감정에 민감하게 대처하느라 바빠서 자신의 내면을 살피는 데는 무감각하고 소홀하게 살아왔음을 깨달은 것입니다.

겉으로는 웃지만 속으로는 울고 있어요

"그러고 보면 다른 사람이 원하는 대로만 살아온 것 같아요. 좋은 사람이 되어서 사랑받고 싶었으니까요. 그래서 남에게 이렇게 싫은 말을 들은 것도 이번이 처음이고요."

현주 씨는 첫 상담에서 자신의 이야기를 털어놓기가 어색하고 힘들다고 말했지만, 다음 회기에 와서는 가슴 두근거리는 증상이 줄어들었다고 했습니다. 현주 씨는 지적이고 유능한 사람으로서 직장 생활도 잘 해나가고 있었고, 동료나 가족과도 원만하게 잘 지내왔습니다. 그래서인지 12회기 정도의 단기 상담만으로도 불안 증세가 줄었습니다. 심호흡을 깊게 하면서 불안을 중화시켜 나갔고, 상사의 말에 좌지우지되지 않도록 거리를 두게 되었죠. 상사를 보면 화는 나지만 상사가 더는 무섭거나 두려운 대상이 아니라는 사실을 알게 되었습니다.

상사에게서 아버지와 비슷한 모습이 보여서 괴로웠다고 합니다. 직장 생활을 제대로 하지 못했던 아버지는 화를 자주 내고 지적을 자주 했습니다. 어린 시절 눈치를 많이 보던 현주 씨는 남의 눈에 들고 싶어 했고, 좋은 사람으로 살아가고자 노력해왔습니다.

현주 씨는 괜찮은 사람으로 보이는 이미지를 고수하기 위해 자신의 감정을 돌보지 못했습니다. 타인을 소중하다고 생각한다면, 그만큼 나 자신도 소중하다고 생각하며 스스로를 돌볼 수 있어야 하는데도요. 현주 씨는 혼자 책임지면서 도맡아 하던 많은 일들을 팀원들과도 나누기 시작했습니다. 좋은 사람이 되고자 다른 사람들의 어려움을 덜어주고자 계속 힘을 실어주고자 했던 노력이, 주변에 대한 의존성을 더 키우는 결과로 이어졌음을 깨달았습니다.

"저는 몸이 아픈 게 문제라고만 생각했어요. 가슴이 두근거릴 때마다 왜 예전 같지 않은지 화가 났습니다. 그러나 이제 생각해보면 몸은 내가 가야 할 방향을 알려준 거였죠. 타인들이 잡도록 내버려두었던 운전대를 저 스스로 조정해보려고요. 타인의 의지만 중요했는데

이젠 제 의지나 감정도 소중하죠. 이젠 예전만큼 좋은 사람으로 평가받지는 않겠지만, 그건 포기해야죠."

현주 씨는 명확하게 설명은 할 수 없지만, 상담을 받으면서 새로운 관계를 맺게 되고 깊은 안전감과 기본적인 신뢰감을 갖게 되었다고 합니다. 삶에 고통이 닥칠지라도 스스로를 신뢰할 수 있겠다는 믿음이 생겼다고 했죠. 그리고 욕구를 제대로 표현해 내 마음을 스스로 인식하고 응원을 보내는 노력이 필요하다는 사실 또한 깨달았다고 합니다.

착한 사람이나 좋은 사람이라는 이미지도 어느 정도는 필요합니다. 그러나 타인을 위해서 나의 마음과 욕망을 억누르고 포기해버릴 때 내 삶은 점점 지쳐갑니다.

몸이 아프다는 건 나 자신에게 말하는 메시지에 귀를 기울여야 한다는 신호일 수도 있습니다. 몸이 힘들다는 사실을 알아차릴 때, 스스로에 대해 더 깊이 통찰하고 살펴보는 힘이 생길 수 있습니다.

prescription.

타인을 소중하다고 생각한다면

그만큼 나 자신도 소중하다고 생각하고,

스스로를 돌볼 수 있어야 합니다.

火 —————————————————————————

남들처럼 사는 게
왜 이리 힘들까요?

계약직으로 일하고 있는 30대 중반 경희 씨는 스스로를 부끄럽다고 했습니다. 서른이 넘으면 멋진 커리어 우먼이 되어 있으리라고 생각했는데, 현실은 언제 잘릴지 모르는 계약직에 월급은 늘 통장을 잠시 스쳐갈 뿐이니 아무것도 가진 게 없는 것처럼 느껴진다고 했죠. 몇 년을 공부하다 마침내 세무사 시험에 합격한 뒤 탄탄대로를 걷는 것만 같은 친구나 뒤늦게 그림을 그리겠다며 도전하고는 독립출판을 해 자신만의 브랜드를 갖게 된 친구의 소식을 들을 때나, 돈 잘 버는 남편을 만나 여유롭게 사는 것만 같은 동창의

인스타그램을 볼 때마다 더없이 초라해지는 기분이 들었다고 합니다. 경희 씨는 출신 학교와 직업이 점점 더 부끄러워졌습니다. 남들보다 못한 것만 같은 지금 삶에 불만 또한 커져갔지요.

이상적인 기대와 초라한 현실

직업을 이야기하면서 현재 처지가 부끄럽다는 사람들을 자주 만나게 됩니다. 원하던 이상적인 직업이 있기에 현재 위치에 대해서 불만을 갖는 거지요. 생각보다 꿈이 좌절되어 힘들어하는 경우가 많습니다. 대인관계나 생활비가 충분하지 않아서 힘든 경우도 있지만, 스스로 그려온 이상적인 모습이 좌절되었기 때문에 괴로워하는 경우가 더 많습니다. 생존을 위한 필수조건은 아니라 해도, 꿈은 가장 중요한 욕망과 관련되어 있기에 좌절되었을 때 결핍감이 커지기 마련입니다.

원하던 이상적인 직업이 있는데 그 직업을 갖지 못하고 타인과 나를 계속 비교하면, 현재 자신의 부족한 부분만을 보게 되지요. 이럴수록 더 좋은 대학에 가지 못한 자신을 탓하게 됩니다. 공부를 좀 더 잘했더라면, 그때 이런 선택을 했더라면 어땠을까 곱씹으면서 후회만 늘어갑니다. 그러나 과거 때문에 현재의 나를 부끄러워한다면 삶은 더욱 힘들어집니다.

무심코 흘려보낸 과거가 후회됩니다

어른이 되어서도 계속 반복되는 어떤 생각에 머물 때가 있습니다. 지나간 인연, 그때 한 선택, 말과 행동……. 과거가 가슴 한구석에 밀려와 안타까움이 더해지는 날들이 있겠죠. 그러나 그럴수록 오늘은 더 쉽게 사라져버립니다. 이미 망친 어제를 가진 내게 오늘은 무슨 소용이 있을까 싶을 테니까요.

그럴 때 내 능력의 한계에 대해서 인정하고 넘어간다면, 당시 내가 할 수 있었던 최선을 다했다고 생각한다면, 어떨까요? 실패한 듯한 기분이 들면 그 원인을 타인에게서 찾는 경우가 많습니다. 부모님이 공부를 열심히 하도록 이끌어주지 않아서라며, 남 탓을 하고 싶어지곤 하지요. 가족 중 누군가를 탓하면서, 삶의 주도권이 자신이 아니라 다른 누군가에게 있었다고 믿고 싶어지는 것이죠. 하지만 그때의 내 선택이 당시 최선이었음을 믿어야 합니다. 지금 이 자리를 위해 수많은 선택을 반복하며 열심히 살아온 과거에 대해, 후회하지 말길 바랍니다. 과거를 후회하며 삶을 살아간다면, 오늘은 영원한 비극입니다.

인생에는 여러 갈림길이 있습니다. 하나의 선택이 삶 전체를 결정한다고 생각한다면, 선택을 할 때마다 불안감만 증폭되지요. 하지만 한 가지 선택이 삶 전체를 결정한다고 생각하지는 말기로 해요. 한 번의 선택은 그저 하나의 선택입니다. 그 선택을 가치 있고 후회 없는 것으로 만드는 건, 오롯이 당신의 오늘에 달려 있다는 것을 알아야 합니다.

시간을 되돌릴 수 있다면

끊임없이 이어지는 실패를 경험해도, 원하는 꿈을 향해 지치지 않고 달려나가는 성장드라마의 주인공이고 싶지만 그렇지 않을 때가 더 많겠지요. 시간을 돌릴 수만 있다면 삶을 더 잘 이끌어나갈 수 있을 것만 같고요.

이런 바람들을 담은 걸까요? 시간의 흐름을 변화시키는 시계가 나오는 〈눈이 부시게〉라는 드라마가 있습니다. 그러나 이 드라마는 주인공이 시간의 흐름을 변화시키는 시계를 갖게 되어 갑자기 젊은 날로 돌아간 게 아니라, 알츠하이머를 앓는 할머니가 젊은 시절을

복기하는 이야기였습니다. 타임리프 드라마가 인기인 이유는, 누구에게나 돌아가고 싶은 시절이 있기 때문인 듯합니다. 아나운서를 꿈꾸지만 미용사로 일할 수도 있고, 축구를 하고 싶었지만 아파트 경비원으로 일할 수도 있고, 건강하게 살아가고 싶지만 알츠하이머를 앓게 될 수도 있는 게 삶이니까요. 제목과는 달리 삶은 반짝반짝 눈부시게 빛나지도 않았습니다.

드라마에도 힘든 현실이 있는 그대로 드러납니다. 주인공 혜자는 남편 준하와 사귈 때는 빛나도록 밝은 모습이었고, 일상에 힘들어하는 며느리를 슈크림이 든 붕어빵으로 위로할 줄 알고, 손자 영수에게도 늘 따뜻했던 사람이었습니다. 그러나 혼자서 아이를 키우던 시절, 아들에게만은 모질고 냉정한 말을 내뱉던 엄마이기도 했지요. 삶의 생기조차 사라진 눈빛으로 계속 일해야 했으니, 손님에게는 싹싹했지만 아들에게는 차가운 엄마였습니다. 자녀를 키울 때는 모종의 책임이 따르기에 더 엄했을 수도 있겠죠. 하지만 혹시 혜자처럼, 정작 가장 중요한 사람에게는 냉정하고 혹독하게 대한 것은 아닌지, 한번 돌아보세요. 주변 사람들에게는 친절하지만 가장 친하고 아껴야 할 자신을 비난하고 꾸짖지는 않았나요?

눈부신 오늘 하루

드라마 제목이 왜 〈눈이 부시게〉일까 생각해봤습니다. 오늘을 누릴 수 있는 이유는, 바로 지금 이 순간 나의 선택 때문이라는 생각이 들었습니다. 현재의 행복이 과거의 선택에 달려 있는 게 아니라, 지금의 행복은 지금부터의 선택에 달려 있다는 뜻입니다. 과거가 나의 삶을 모조리 삼켜버리지 않고 후회만 하는 삶을 살아가지 않을 수 있는 까닭은, 예전 그때 그 일 때문이 아니라 지금 이 순간 덕분일지도 모릅니다.

어떤 결과가 나타나야 힘을 내서 다음 길로 갈 수 있는데, 첫 단추를 한번 잘못 끼우는 바람에 가도 가도 끝이 없다면, 가도 가도 원하는 방향이 아니라면, 그리고 이루어지지 않는 꿈들을 포기해야 한다면 물론 마음은 아프겠지요. 욕망이 이루어지는 속도가 더딜 수도 있고, 어쩌면 그 꿈이라는 게 영영 이루어지지 않을 수도 있어요. 어른이 된다는 것은 포기할 일이 늘어난다는 의미이기도 합니다. 아이였을 때는 평범한 사람이 아니라 특별한 존재가 되기를, 슈퍼히어로나 유명 인사나 대단한 사람이 되고자 꿈꾸기도 합니다. 그러나 상급 학교에 진학하면서 점점 더 성적도 원하는 대로 나오지 않고, 대학도 가장 바라던 곳으로 가기 힘들다는 한계를 더 자주 경험하게 됩니다.

20대를 돌아보면 되는 것보다 안 되는 게 많습니다. 얼마나 스스로를 사랑하지 못했는지, 얼마나 자신을 힘들게 했는지는 말로 다 할 수도 없고요. 한번 실수를 하거나 속도가 늦어지면 다시는 앞사람을 좇을 수 없을 것처럼, 모서리 끝에 선 듯한 불안감이 엄습할 때도 많았죠. 꿈을 이루지 못하고 희망이 좌절되었다고 해서 스스로를 괴롭히지는 말았으면 좋겠습니다. 자책은 무엇도 해결하지 못하더라고요. 반짝이지 않는 나라도 안아줄 수 있는 용기가 필요합니다. 무언가를 꿈꾸는 욕망은 중요하지만 좌절되어도 스스로를 미워하지 말아야 합니다. 반짝이는 특별한 존재가 되지 않아도 지금 이 삶을 충분히 누릴 수 있으니까요.

현재의 행복이란 과거의 선택이 아니라 지금부터의 선택에 달려 있어야 합니다. 과거가 삶을 움켜잡고 놓아주지 않는 바람에, 앞으로도 후회만 하는 삶으로 이끄는 비극은 없어야 하니까요. 지금 이 자리를 위해 수

많은 선택의 과정을 지나왔고, 실패를 통해 배우며 열심히 일해온 스스로를 비난하거나 야단치지 마세요. 지금의 삶이 내 삶에 최선을 다해온 결과라는 사실을 받아들이면 어떨까요? 지금의 삶이야말로 우리가 직접 선택해온 삶이니까요. 지금의 삶이 당신이 선택해온 삶의 결과임을 받아들이면 그뿐입니다.

알츠하이머를 앓던, 주인공 그녀가 한 말이 기억나네요. 〈눈이 부시게〉 속 대사 한 구절을 적어봅니다.

"어느 하루 눈부시지 않은 날이 없습니다. 지금 삶이 힘든 당신, 이 세상에 태어난 이상 당신은 모든 걸 누릴 자격이 있습니다."

prescription.

지금의 행복은
지금부터의 선택에 달려 있습니다.

火 ───────────────────────

죽을 만큼 힘들어
더는 아무것도 하고 싶지 않아요

중환자실 신입 간호사인 미주 씨는 이제 아무것도 하고 싶지 않다고 합니다. 근무하는 병원 입구에 들어가려다가 더는 견딜 수 없어서 다시 집으로 돌아왔다고 하네요. 그날 무단결근한 뒤부터 병원에 출근하기가 더 무서워졌고요. 환자들이 괴로워하며 죽어가는 과정을 지켜보며 겪는 고통에는 어느새 익숙해지고 무뎌졌다 해도, 업무 스트레스는 나아질 줄 모릅니다.

선배들을 따라가려 해도 일에 능숙해지지 않고, 여러 업무를 제대로 해내기가 힘들다 보니 작은 일 하나도 능숙하게 처리하지 못하는 기분이고, 선배 간호사와 환자들이 늘 지켜보는 듯한 긴장감에 손이 떨릴 지경이라고 하네요. 취업률도 높고 환자들에게 따뜻하고 다정한 간호사가 되고 싶어서 간호학과를 선택했는데, 선배들 눈치만 보는 지금은 바보가 된 것 같다고 말했습니다. 게다가 기본적인 일상도 지켜지지 않을 정도라고 덧붙였습니다. 밤을 제시간에 먹기도 힘들고 화장실 갈 시간도 없어서 답답하다고 했습니다. 죽을 만큼 힘들어서 약을 먹고 싶을 정도였다면서, 이제 더는 아무것도 하고 싶지 않다고 말했죠.

수련 제도, 인내의 시간

정신건강의학과에서 근무하면서 간호사분들을 만나게 되었습니다. 저는 종합심리검사와 심리 상담을 하는 병원에서 일했습니다. 초진환자들을 대상으로 검사와 상담을 하면서 의료진과 자주 이야기를 나누었습니다. 대부분의 간호사들은 학과 졸업 후 대학병원에서 근무하다가 너무 힘들어서 그만두었다고 했습니다. 정신건강의학과에서도 의사를 대하는 태도와 간호사를 대하는 태도가 다른 경우를 종종 보곤 합니다. 요구하는 서비스도 많고, 뜻대로 되지 않을 때 쉽게 짜증을 내는 이들도 만나게 됩니다. 병원 내에 카스트 제도처럼 고정된 계급이 있는 것도 아닌데, 분명 미묘한 차별이 존재했지요.

돌봄 기능이 두드러지는 직업 중 하나가 간호사입니다. 보건의료직 계열에서 일하는 분들이 상담을 받으러 오는 경우가 있는데, 1년차 막내 간호사들은 더더욱 힘들겠다는 생각이 들었습니다. 데이, 나이트, 이브닝으로 3교대를 하면서 수면 시간 변경도 잦고, 환자도 보살펴야 하고, 의사들의 지시사항을 확인해야 하는 일들을 처리해 나가야 하니까요. 그들이야말로 사람을 구하는, 숨은 '어벤져스' 같다는 생각이 들 정도였습니다. 멀티 플레이어여야만 할 수 있는 직업이죠.

어떤 회사든 신입사원이라면 더 힘들겠지요. 그러나 막내 간호사들은 선임 간호사들 눈치도 봐야 하고, 일에서 실수하거나 속도가 느릴 때 부정적인 피드백을 즉각 받다 보니 일반 신입사원보다 더 극심한 고통을 호소하곤 합니다. 신규 간호사가 들어오면, 해야 할 업무가 많던 선임 간호사들의 일이 더 늘어나고, 이로 인해 '태움'이라는 괴롭힘 관행도 이어져왔고요.

병원뿐 아니라 석박사 연구실 연구원, 의대 레지던

트, 임상심리전문가 과정 등, 수련 과정에서 고통스러운 시간을 견뎌냈다는 이야기를 자주 듣습니다. 선임에게 괴롭힘을 당했다고 해서 후임에게 같은 고통을 대물림하는 게 맞을까요?

결코 당연한 일이 아닙니다. 한때 과거에 을이 힘든 고통의 시간을 겪었다고 해서, 갑이 되어 을에게 같은 방식으로 고통을 넘겨준다면? 그저 악순환이 반복될 뿐이겠지요. 부당한 시간 속에서 무조건 참고 인내의 시간을 보내는 것은 결코 당연하지 않습니다. 직장 내 수련 제도 내에서 선배와 후배 모두의 권리를 지켜주는 구조가 마련되어야 합니다.

선배가 후배를 잘 가르치는 것과 인격 모독은 분명 구분되어야 하죠. 가르친다는 명목 아래 타인을 괴롭히는 이들이 있다면, 그들의 행동이 잘못되었음을 알리고 또한 알려주는 문화가 형성되어야 합니다.

스탠퍼드 감옥 실험의 결과

1971년 스탠퍼드 대학의 필립 짐바르도 심리학 교수는 감옥 실험을 했습니다. 2주간 심리적, 육체적, 정서적으로 안정된 남자 대학생 24명을 대상으로 각각 교도관과 죄수 역할을 맡게 했지요. 단 2주간 진행된 실험이었는데도 교도관 역할을 맡은 이들은 죄수의 권리를 없애고 학대를 가했고, 죄수 역할을 맡은 이들은 학대를 당하면서 더 수동적으로, 더 무기력하게 변해 갔습니다. 권력을 갖게 된 이들은 점점 더 포악해져서, 실험을 중단하자 화를 낼 정도였다고 합니다. 교수가 실험을 중단하지 않았다면 극단으로 치달을 수도 있던 상황이었죠.

타인보다 권력을 더 많이 갖게 되면 자신보다 약한 사람에게 악한 영향을 미칠 수 있다는 사실을 보여준 실험이었습니다. 간호사처럼 윗사람에게 배워야 하는 수련제도 내에서 선배라는 위치는 무척 큽니다. 후배나 당하는 사람의 주장만으로는 이러한 제도가 달라지기가 쉽지 않지요.

타인의 권리를 해치지 않는, 사람을 존중하는 문화가 형성되어야 합니다. 존중받지 못하는 경험은 우리를 깊은 우울에 빠뜨립니다. 서로 돕고 돌보는 마음이 사라집니다. 서비스 대상자가 돈을 지불했다는 이유만으로 서비스 제공자를 함부로 대하는 경우가 점점 늘고 있습니다. 대우받지 못한 마음으로 다시 자신보다 약한 을에게 함부로 권력을 휘두르는 게 문제입니다.

전화 상담원에게 욕설을 하거나, 특별한 권리라도 있는 양 요구사항 등을 함부로 말하는 이들이 있는 것도 같은 이유 때문 아닐까요. 온라인 플랫폼에서 리뷰, 후기를 작성하거나 평가할 수 있는 소비자의 힘이 커지면서, 마치 엄청난 권한을 갖게 된 양 말도 함부로 하고 글도 함부로 쓰는 이들이 늘어났다는 것도 마찬가지입니다.

사람은 톱니바퀴가 아니다

미주 씨는 대학병원에서 일하면서 끝까지 경력을 쌓아가려 했지만, 죽고 싶을 정도로 힘들어서 결국 병원을 그만두었습니다. 패배감을 느꼈지만, 몸이 회복되고 나서 다시 다른 일자리를 구했지요.

대학병원의 높은 퇴사율은 간호사 개인이 아니라 조직의 문제입니다. 해야 할 일들이 너무 많고, 무엇보다 낮은 연차일수록 감당할 수 없을 정도로 그 일들이 늘어나는 것이죠. 많은 간호사를 뽑고 퇴사하게 만드는 시스템이 아니라, 인간다운 대우를 받으며 지속적으로 일할 수 있는 기본 환경이 조성되어야 합니다.

간호사가 병원 내 톱니바퀴의 부속품이 되거나 귀한 목숨을 내려놓지 않도록 철저한 제도 개선이 필요하다고 생각합니다. 돌봄과 관련된 직업을 가진 간호사, 어린이집 교사, 서비스직 종사자들을 비롯해 배움을 받아야 할 수련생, 석박사생, 레지던트들 모두 사람답게 대우받으면서 일할 수 있어야 합니다.

2019년 7월 16일부터 직장내괴롭힘금지법이 발효되었습니다. 상담을 통해서 신고인과 피해자 상담 등의 조치가 이루어지고 있지요. 나와 타인이 기본 윤리를 지키며, 인간다운 최소한의 존중을 받는 세상을 함께 만들어가야 합니다.

prescription.

부당함을 무조건 참고 견디는 것이
해결책은 아닙니다.

火 ————————————————————————

무엇을 해야 할지 막막해서
한 발도 못 나아가겠어요

민희 씨는 지금 하는 일이 맞지 않는 것 같긴 한데, 무엇을 해야 할지 모르겠다고 합니다. 그녀는 열정과 재능을 좇고 싶어 합니다. 민희 씨처럼 하고 싶은 일, 원하는 재능이 무엇인지 찾아 헤매는 이들을 자주 봅니다. 회사에 일단 입사는 했지만 회사생활과는 맞지 않는 것 같다며 당분간 쉬겠다고 선언하는 경우도 많죠. 늦잠을 자다 일어나고 자신에게 무엇이 맞는지 곰곰 생각해봐도 전혀 모르겠다며, 걱정만 늘어간다고들 합니다.

화려하지도 예쁘지도 않은 만화인데, 무척 공감 가는 에피소드들이 섬세하게 묘사되어 마스다 미리의 책을 좋아합니다. '평범한 나의 느긋한 작가 생활'이라는 제목에 마음이 끌려 만화책을 구매했지요. 실제 경험담이라서 더욱 궁금해졌고요. 작가를 배려하지 않는 편집자들을 만나면서 힘들었던 이야기, 출간될 책에 열정을 가진 편집자분들로부터 배운 에피소드들이 자세히 담겼습니다. 13년째 사용하는 컴퓨터가 고장날 것 같아서 불안한데도, 이미 익숙해져서 그 낡은 컴퓨터를 바꾸고 싶지 않은 마음도 이야기합니다. 공감되는 이야기가 많아서 킥킥 웃다가, 어떻게 작가 생활을 시작하게 되었는지 살펴보았지요.

서양화를 전공한 작가는 카피라이터가 되고 싶다고 교수님에게 말한 뒤, 추천으로 관련 회사에 들어갑니다. 회사를 다니면서도 맞는 일이 무엇인지 다양한 수업과 강좌를 들으며 흥미와 적성을 찾던 중, 일러스트레이터가 되기로 결심하지요. 26세에 회사를 그만두고 오사카에 상경해 6개월간 집에서 쉬다가, 아르바이트를 구하기 위해 출판사에 전화하고 스스로를 홍보하러

다녔다고 합니다. 마스다 미리라는 작가의 시작입니다.

작가는 자신을 소개하는 전화를 할 때마다 심장이 두근거리지만, 전화는 자신의 몫이고 거절과 승낙은 상대의 몫이라며 돌리지요. 초반에는 일러스트레이터로 일하고자 무척 애를 씁니다. 어떤 일이든, 내가 누구인지도 모르는데 사람들이 찾지는 않지요. 그러니 이렇게 내가 좋아하는 일이 무엇이고 자신이 누구라고 소개하는 것 또한 필요합니다. 나라는 존재가 여기, 이렇게 일하고 싶어 하며 존재한다는 사실을 알릴 필요가 있죠. 마스다 미리는 이렇게 일러스트와 관련된 일자리를 구한 뒤, 출판사 직원으로부터 일본의 '센류'라는 시를 써보자는 제안까지 받습니다. 그렇게 센류 책을 쓰고 난 뒤 만화책을 내볼 생각은 없냐는 제안을 받게 됩니다. 만화를 어떻게 그리는지도 모르고 컷 작업부터 헤매지만, 어쨌든 결국 만화책까지도 내게 됩니다. 그리고 이제는 이렇게 인기 높은 작가가 되었지요.

저 또한 대학원 시절 생활비와 등록비를 마련하기 위해 상담과 관련된 일을 시작했습니다. 제가 상담 공부를 한다는 이야기를 듣고 찾아온 내담자에 대한 상담이 제 첫 상담이었습니다. 첫 내담자와 35회기를 하

면서 3번의 수퍼비전을 받았습니다. 방학 때는 심리상
담센터 인테이커(접수 면접자)로 들어갔죠. 상담실 청
소도 하고 전화도 받는 업무였습니다. 그리고 상담실
을 관리하러 오는 선생님들을 통해 또래 상담사 과정
을 알게 된 뒤 청소년집단상담 과정에 참여했지요. 흥
미를 느껴서 열심히 참여했더니, 참여했던 몇십 명 가
운데 집단상담전문가로 발탁되었습니다.

이후 사회복지관에 파견되어 중고등학생 학교 자원
상담을 했고, 그 경력으로 청소년동반자 1기가 되었지
요. 그 뒤 3학기를 마치고 상담심리사 2급을 획득하고,
졸업 후 정신건강의학과에서 상담사로 일하게 된 것입
니다. 처음부터 좋은 일자리를 구한 것은 아니지만, 대
학원생으로서 상담일을 맡은 것만으로도 감사할 따름
이었죠.

마스다 미리에게서 배운 '업'을 찾는 방법

학교를 졸업한 뒤 암담했던 시간들이 기억나네요.
어느 길로 가야 할지 알 수 없었고 성공한다는 보장도
없었습니다. 어른이라는 세계에 들어간다는 현실이 얼
마나 무겁게 느껴지던지, 걱정만 쌓여갔지요. 그러나

하나의 기회가 다른 하나를 만들고 또 다른 기회가 열렸습니다.

마스다 미리로부터 '업'을 구하는 방법을 찾아봅니다. 물론 그녀가 일을 하나하나 다부지게 해냈으니 그 모든 일들이 가능했으리라 믿습니다. 몰입하는 이들은 일이 시작될 때부터 집중합니다. 어떤 길이 열릴지도 모르고 일단 시작부터 하는 거죠.

먼저, 마스다 미리처럼 좋아하는 것을 말하거나 적어봅니다. 어떻게 시작할지 생각해보는 거죠. 한 번에 완결되거나 성공하기는 어려울 수 있지만, 우선 해보는 것부터 시작입니다. 다른 사람에게 알리는 것도 중요하죠. 마스다 미리는 카피라이터로 일하고 싶다고 표현했기 때문에 교수님에게 추천을 받았고, 그 일이 자신과 맞는지 여부를 알게 됩니다. 원하는 일이 있고 알고 싶은 것이 있다면 온라인과 SNS도 검색하고 블로그에 자신의 성장하는 삶을 쓰는 것도 도움이 될 것이라는 조언도 덧붙이고 싶습니다.

저 또한 완벽을 추구하는 성향이 있어서, 어느 정도 갖춰지기 전에는 글을 남에게 보이기가 두려웠거든요. 브런치에 글을 쓰기 전 출판사에 출간 제안을 한번 해보았으나, 연락이 닿지 않자 바로 포기해버렸죠. '서랍 속에서 글을 꺼내달라'라는 광고 문구를 보고 브런치에 글을 쓰지 않았다면, 아직도 이 책을 쓰지 않았을지도 모릅니다.

두 번째, 스스로를 홍보할 용기를 내야 합니다. 저는 마스다 미리가 두려움을 이겨내고 전화를 걸어 직접 자신을 알리며 홍보를 했다는 사실에 주목했습니다. 회사일을 하면서 독립할 돈을 모으고 집을 떠났고, 6개월간 쉬다가 출판사에 전화를 거는 용기 말이지요. 기회가 주어지면, 미리 겁먹고 포기하지 않았습니다. 새로운 무언가를 시작할 때 누구나 긴장되고 두렵습니다. 그러나 두렵지만 모험을 위해서 달려가면 어떤 길이 열릴지 아무도 모릅니다.

지금까지 해보지 않은 제안이 들어올 때마다 주저하지 말고 시도하는 게 좋습니다. 열정과 재능을 측정할 수 있는 기계가 존재한다면, 과거의 마스다 미리에게 '너는 일러스트레이터로 만화가로 이름을 날릴 거야'라고 미리 말해주었다면, 시행착오가 줄었을지도 모르죠. 하지만 인생에 그런 일은 없습니다. 마스다 미리는 우선 시도해보았기에 재능을 발견할 수 있었죠. 마스다 미리가 하나씩 하나씩, 주어진 일들을 해나가는 과정이 멋져 보이네요. 처음에 주어진 기회들을 놓치지 않는 게 중요합니다. 한 배우가 말했지요. '내가 가장 일을 잘하는 때는 돈이 필요할 때'라고요. 정말 맞는 말입니다.

무언가를 하려고 하면 어느 길로 이어질지 모르지만, 먼저 시작해보는 수밖에 없습니다. 물론 곰곰 생각하고 충분히 고민하고 자신의 길을 가는 것 또한 중요합니다. 가다 보면 어떤 길에서 인연이 되는 사람을 만날지 모릅니다. 단번에 이루어지지 않아도 시도하고 걸어가는 게 첫 시작입니다. 하고 싶은 일들을 찾아서 가볍게 시작해보고, 그 일을 하지 않았더니 견디기 힘들어진다면, 실패나 성공 여부에 상관없이 꾸준히 해보는 과정도 필요합니다.

가장 중요한 것은, 어떤 문을 열기를 원한다면 노크를 해야 한다는 거예요. 두드리지 않는다면 문 안에 있는 사람들은 내 목소리를 들을 가능성이 적습니다. 그래서 두드려보고 안 되면 다시 해보고, 그래도 안 되면 그때 포기하면 됩니다. 물론 문을 열어줄 사람의 의향에 달린 문제라면, 내가 간절히 원한다고 해도 이루지 못할 수도 있습니다.

　어쨌든 시도해봐야죠. 간단한 전화 한통이나 이메일, SNS 한 줄이 원하는 일을 시작할 문을 열어줄지도 모르니까요.

prescription.

재능은 용기 있는 시도를 통해서

발견되는 것입니다.

火

세상은 왜 나에게
이토록 무례한 걸까요?

주미 씨는 졸업 전 동기 세 명과 실습에 나갔습니다. 실습 첫날, 경력 1년 된 사수는 주미 씨더러 회사에 어떻게 빈손으로 올 수 있냐며 주스라도 사 오라고 야단을 칩니다. 그 뒤부터 잔소리가 이어지기 시작했습니다. 사수는 사소한 일에 비아냥거렸고, 작은 실수에도 머리가 나빠서라는 둥 기분 나쁜 말들을 반복했죠. 주미 씨는 2주간의 실습 동안 겪었던 그 씁쓸하고 불편한 기억 때문에, 직장 생활을 두려워하게 되고 말았습니다. 그 1년차 선배는 회사 생활로 받은 스트레스를 자신보다 약한 대상을 만나면 풀어야겠다고 생각했는지도 모릅니다. 대학생이 되어 카페나 레스토랑 아르바이트를 하면서부터 함부로 말하는 사람들을 더 자주 접하게 되었는데, 심지어 무보수로 하는 실습에까지 을로서의 삶이 계속될 것 같았죠.

대리사회에서 살아가는 우리

대다수 직장인이 회사에 다니기 싫어하는 이유 가운데 하나는 인간관계 때문입니다. 지방대학 강사를 하다가 대리운전 기사 일을 했던 작가 김민섭은 책 《대리사회》에서, 대리기사가 세 가지 통제를 받는다고 썼습니다. 행위 통제, 언어 통제, 사유 통제입니다. 다른 사람의 차에서 대리기사가 할 수 있는 일은 브레이크와 엑셀 밟기뿐입니다. 손님이 말을 먼저 걸기 전에는 말할 수 없고, 자유롭게 생각하는 것도 통제받는다고 하죠. 내 차가 아닌 타인의 차를 타면서 스스로 생각할 기회를 놓치고, 상대방 생각대로 반응하는 방식을 선택하게 되고, 이로 인해 순응하는 인간이 된다고 합니다. 을이 되면 주체자로서 행동하기가 힘들고 결국 갑의 지시대로 따르게 됩니다.

대리기사의 사회뿐 아니라 회사에서도 우리는 통제

를 받습니다. 어린이집의 경우 CCTV가 있는 상황에서 근무하게 됩니다. 조직사회에서는 직장인이 되면 기업에 순응하는 것과 고유한 나로 사는 것 사이에 필연적으로 갈등하게 되지요. 회사에 필요한 존재임을 알리기 위한 첫 단추인 서류 전형에서 떨어지기도 하고, 면접에서 모멸감을 맛보기도 합니다. 돈을 벌기 위해, 존중받지 못하는 경험을 하는 순간들이 반복됩니다.

세상에 나 자신을 맞추기 위해서 '순응'적인 태도를 취하면서 힘을 잃게 되고, 진정한 나 자신을 잃어가는 느낌을 받기도 하지요. 끊임없이 잘못을 지적하는 윗사람들을 만나면서 자존감과 의욕을 잃기도 하고요. 아직 미숙한 나 자신의 문제일 수도 있지만, 성격장애자인 사수가 문제인 경우도 있습니다. 서비스 업종에서 일하는 사람일수록 타인에게 맞추다 보니 하고 싶은 말을 하기가 힘든 경우가 많습니다. 아이들을 좋아하지만, CCTV로 하루 종일 감시받는 기분과 관계에 지쳐, 일하기가 힘들다는 어린이집 교사들을 자주 만나봤습니다.

조직 내에서 과연 누가 말할 수 있는 입을 가지고 있는지 생각해봐야 합니다. 윗사람이 직급이 낮은 사람에게 하고 싶은 말을 해보라고 해놓고선, 도리어 듣고 싶은 말만 듣기도 하지요. 이럴수록 아랫사람은 입을 열기 힘들어집니다. 아랫사람이 솔직하게 이야기하기 힘든 이유는, 언어통제를 당하기 때문입니다. 한국 내 문화에서는 질문한 뒤 부정적인 피드백을 받는 것보다 차라리 침묵을 선택하기도 하지요. 전 미국 대통령이 인터뷰 당시 한국 기자들에게만 질문할 기회를 주었을 때 그 누구도 선뜻 질문을 하지 못해서, 결국 중국 기자에게로 기회가 넘어갔던 적이 있습니다. 괜히 말을 했다가 나쁜 결과를 겪을까 봐 용기를 내지 못했겠지요. 우리는 우리 이야기를 할 기회를 어린 시절 교육 환경에서부터 제대로 경험하지 못했으니까요.

저 또한 상담을 하면서 무례한 사람들을 겪기도 합니다. 종합심리검사를 하면서 상담을 마쳤는데도, 돈을 냈으니 하고 싶은 얘기를 무조건 다 들어달라면서 제 개인 시간을 통제하려 하는 이들도 있고요. 공공기관의 서비스를 받는 사람들도 때론 갑으로 행동하기도 합니다. 더 서비스를 많이 받아야 한다며, 사회복지사, 찾아가는 상담서비스를 하는 간호사분들에게 지나친 요구를 하기도 하죠. 이 또한 타인의 행위를 통제하려는 것입니다.

이렇듯 타인들이 함부로 대하지 못하도록, 전문직을 갖고자 노력하는 이들이 많습니다. 회계사, 세무사, 변호사, 고위직 공무원 선발 고시 등에 합격하고자 노력하는 마음을 충분히 이해할 수 있죠. 이런 시험들을 통해 좀 더 통제권이 확실한 직업을 가질 기회를 잡을 수 있기 때문입니다. 회사원들이 퇴사하고 프리랜서 예술가를 꿈꾸는 것도 비슷합니다. 정해진 월급은 없다 해도 더 자유롭게 더 많은 것을 표현할 수 있으니까요.

통제당하는 삶을 벗어나기 위해

《대리사회》의 저자는 갑과 을의 경계를 허물어트리는 방식을 제시합니다. 상대의 생각을 존중하는 것, 존댓말을 쓰는 것, 감사하다고 말하는 것 등입니다. 저자는, 대리기사인 그를 한 사람으로서 존중하는 이들이 힘이 되었다고 합니다. 힘이 있고 없고에 따라 사람을 차별하지 않는 태도가 중요했던 것이죠. 어떤 장소나 시간에 따라 우리는 모두 갑이 되기도 하고 을이 되기도 합니다. 을에서 갑이 될 때 을을 함부로 대하지 않는 태도를 선택하는 겁니다. 변화는 오늘의 내가 내리는 선택에 달려 있습니다. 먼저 타인을 존중하고 배려할 때 관계 안에서 존중이 시작됩니다.

임상심리전문가로서 면접관으로 참여한 적이 있습니다. 면접에서 청년들의 간절함을 느꼈고, 그 간절함에 안타깝기도 했습니다. 가능하면 불필요한 압박 질문은 하지 말자고 다짐했죠. 20대 시절 면접을 거칠 때마다 압박 질문과 예의 없는 면접관 때문에 얼마나 힘들었는지 기억이 났습니다. 그 면접에서 탈락하면 다른 일자리를 구하기 힘들지 않을까 고민했고요. 서로서로 사람으로서 존중한다면, 불쾌한 감정을 느끼지 않게 될 것입니다. 더 큰 힘을 가진 사람들부터 달라지면 좋겠지만, 우선 내가 을이 되는 순간의 태도부터 달리할 수 있습니다. 나에게 서비스를 제공하는 이들에게 감사를 표현하며 존중하는 것, 즉 바로 나부터 갑질을 멈추는 겁니다.

회사에서 통제당하고 자유가 허락되지 않는다면, 자유로운 사고를 할 기회를 스스로에게 제공하는 것도 도움이 됩니다. 제가 글쓰기를 시작한 이유는, 정신건강의학과에서 종합심리검사보고서만 쓰는 것이 아니라 자유롭게 사유하고 쓸 자유가 그리웠기 때문입니다. 브런치에 글을 쓰기 시작한 뒤 그 글이 책이 되고, 누군가에게 읽히고, 제 안의 생각들을 다듬게 되었습니다. 순응하는 삶이 아닌 새로운 삶을 선택한 뒤로는, 물론 힘든 시간을 맞이할 때도 있지요. 타인의 욕망에 따르지 않고 나의 욕망을 찾아가는 시도는 무엇보다 소중합니다. 단 하루 30분간의 글쓰기라고 해도 말입니다.

기계에 묶인 삶을 풀어내고, 내 삶을 자유롭게 살아갈 자유를 느껴보고 가질 시간을 스스로에게 선물해보세요. 대학강사에서 대리기사로, 지금은 정미소라는 출판사를 운영하는 저자를 보면서 '대리사회'의 묶인 삶에서 자유를 찾아가는 모습을 발견합니다. 누구나 자신이 중요하다고 느낄 수 있어야 하고, 그 느낌을 유지할 기회가 필요합니다.

prescription.

작은 존중이 하루를 버티게 하는
힘이 되기도 합니다.

Part 3

[수요일]

서른이 넘어도 여전히 방황 중

- 내가 누군지도 모른 채 어른이 되었다

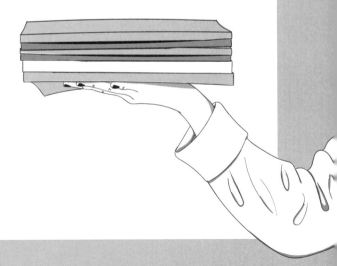

水 ————————————————————

일이 아니라면 나는
내가 누군지 모르겠어요

따스한 햇살이 쏟아지는 달동네 옥상, 낡은 장판이 깔린 평
상에 멸치가 가득 쌓인 소쿠리가 놓여 있습니다.

"조장은 다시 태어나면 어떤 사람으로 태어나고 싶으세
요?"

"평범한 나라에, 평범한 집에, 평범한 아이로 태어나서 평
범하게 살다가 죽는 사람."

"꿈이 참 크시네요. 저는 평범하게 태어난 조장의 옆집에
태어날 겁니다."

영화 〈은밀하게 위대하게〉에서 류환을 바라보던 해진은

미래의 꿈마저 그와 엮습니다. 옆에서 해진과 류환의 이야기를 듣던 해랑은, 아름다운 미녀로 태어나 그들과 연애한 뒤 차버리겠다고 말합니다. 그들은 세 간첩입니다. 조국의 명령대로 각각 바보로, 고등학생으로, 오디션만 보러 다니는 삼류 가수 지망생으로 살아가야 합니다. 마리오네트 인형처럼 보이지 않는 줄에 따라 움직이는, 조국의 도구로 살고 있죠. 공산주의 국가가 아닌 평범한 삶에서 얻는 자유를 원하고 있고요. 세 명의 간첩에게는 주어진 임무가 있고, 다시 태어나야만 다른 삶이 가능하다고 생각합니다. 어린 시절부터 무조건적으로 습득된 생각에서 벗어날 수 없기 때문입니다.

이들처럼 나라에서 떨어진 명령이 있는 것도 아닌데 삶은 달라질 수 없다고 생각하는 사람들이 많습니다. 회사를 그만두고 싶고 원하는 일은 따로 있지만, 한다고 해서 된다는 보장도 없고, 그래서 더 일에만 몰입해서 살아가는 지현 씨. 마케팅 업무를 그만두고 싶지만, 마케터가 아닌 나는 누구인지 모르겠다고 합니다. 사회에서 주어진 역할이 자신에게 맞지 않다는 사실을 알지만, 벗어나기란 더 어려울 것만 같습니다.

지금 일은 싫지만 아니면 무얼 하겠어요?

대학 시절 다른 사람의 삶을 연기하는 데 재미를 느껴 연극부에 가입했습니다. 극중 인물의 성격을 분석하고 말투를 연구하고, 가족 환경 인물의 정서 상태를 연구했지요. 이후에는 주인공의 주변 친구들도 이해하려 했습니다. 공연 연습을 하면서 지나치게 몰입했는지 무대가 끝난 뒤에는 공허감이 밀려왔습니다. 열정이 다 타버린 뿌연 재가 된 것 같았고, 일주일간 그 누구도 만날 수 없었습니다. 무대가 끝나면 현실의 나로 돌아와야 한다는 사실을 알고 있었으니까요.

연극에서 내 모습은 그저 하나의 가면, 즉 페르소나였습니다. 가면은 벗으면 된다는 사실을 알았어도 원래 자리로 되돌아오기가 힘들었죠. 작가와 연출자의 의도에 맞춘 한 명의 연극배우였으니까요. 극중 역할에 몰입한 뒤 나로 돌아오기까지 그렇게 많은 시간이 걸렸습니다. 몇 번의 공연이 올라가면서 다른 누군가로 살았다가, 현실로 다시 돌아오기가 감정적으로 너무 힘들다는 결론을 내린 뒤 연극을 그만두었습니다.

제가 연기 속 인물에서 벗어나지 못한 것처럼, 혹시 역할에서 벗어나지 못할 때가 있지는 않나요? 영화 〈은

밀하게 위대하게〉속 주인공처럼 '국가의 전설'이 될 간
첩 연기를 할 필요도 없지만, 하루 종일 사회적인 가면
에 매몰되는 것은 아닌지 살펴봐야 합니다. 연극의 역
할에서 벗어나지 못한 것처럼, 내 직업만이 온전히 나
인 것만 같아 견딜 수 없는 날들이 반복되고 있지는 않
은지요.

상담 과정에서 이번 생은 망했다는 이야기를 자주
듣습니다. 공부를 제대로 하지 못해서, 밥줄이 달린 회
사를 잘못 선택해서, 직장을 바꾸려니 두려워서, 이런
저런 이유로 지금 삶에 대해 불만을 끊임없이 털어놓
는 분들이 많습니다. 누구에게나 변화는 두렵습니다.
오죽하면 익숙한 악마가 낫다는 말이 있을까요. 불확
실한 세계로 발을 내미는 두려움을 선택하느니, 불만
스럽지만 현재 만들어놓은 세계에서 살아가는 게 더
안전하다고 여기는 거죠.

익숙한 상황에서 벗어나기가 힘들다면

어린 시절 가정폭력으로 인해 부모와 함께 같이 사
는 게 힘들다고, 벗어나고 싶다는 청년들을 만나기도
합니다. 돈이 없어서 불가능하다는 그들에게 설명해주

곤 합니다. 중위소득 120% 이하인 경우 청년층 전월세 금융지원 프로그램의 지원을 받을 수도 있고, 전세자금 대출 등 다른 방법도 많다고요. 그러나 필요한 정보를 알려주어도 대다수는 집을 떠나지 못합니다. 소리 지르고 물건을 부수는 부모는 싫지만, 그 어수선한 분위기와 불안감에 이미 익숙하기 때문입니다. 결국 결국 공포스러웠던 어린 시절보다는 낫다며, 확실히 상황이 더 나빠지기 전까지는 견뎌보겠다고 대답합니다. 불확실한 상황에 던져지기보다는 힘들더라도 현실에 적응하는 게 낫다는 말이죠.

변화는 무척이나 견고한 두려움을 동반합니다. 상담실에 온 내담자들도 비용과 시간을 투자해서 왔지만, 인지적 정서적인 변화에 대해 두려워합니다. 직업의 변화가 가져오는 삶의 패턴이나 경제적 상황의 변화는 위험도가 높다고 느끼는 거죠.

저 또한 변화를 어려워합니다. 상담할 때도 대면 상담만 가능하다고 생각해서, 전화 상담과 채팅 상담을 요구하는 경우 거절했습니다. 해외로 가게 된 내담자 분이 전화 상담을 원했는데, 마주 보지 않고 하는 상담이 과연 효과가 있을지 모르겠다고 완곡히 거절했습니다. 내담자분이 다시 요청을 해와서 한두 번 하고 도움되지 않으면 상담을 끝내자고 했는데, 대면 상담만큼 효과가 좋았습니다. 강연 제안을 받아도 망설이다가 하거나, 전문 강사가 아닌데 도움이 될지 모르겠다고 여겨 처음에는 거절하기도 했습니다. 어떤 결과가 일어날지 모를 경우 차라리 하지 않는 편이 낫다고 믿었기 때문이죠. 그러나 지금은 상담 시간과 겹치지만 않는다면 강연 요청을 수락합니다. 강연도 할수록 실력이 늘고 듣는 사람에게 더 잘 전달할 수 있기 때문입니다. 경험치가 쌓여야만 잘할 수 있는 일들이 있으니까요.

직업이 아닌 나라는 사람을 알고 싶고 변화를 꿈꾸고 있지만 방법을 몰라서 힘이 드나요? 제가 극중 인물에서 벗어나지 못한 것처럼 주어진 삶에서 벗어나지 못하고 있지는 않나요? 우리는 〈은밀하게 위대하게〉 속 등장인물처럼 국가의 전설이 될 간첩이 되어야만 하는 것도 아닌데, 사회적인 가면에서 벗어나지 못하고 있습니다. 직업을 바꿀 수 없을 것 같아 고통스럽다면, 혹은 여전히 변화가 두렵다면, 이 질문을 스스로 던지는 연습부터 시작해보세요.

나를 위한 기적 질문

다음 질문들에 대한 자신만의 답을 생각해보시기 바랍니다.

어떤 사람이 되고 싶은가요?
내가 원하는 삶은 무엇인가요?
그 삶은 지금과는 어떻게 다른가요?
내가 바라는 것은 무엇일까요?
그 삶이 무엇을 말해주나요?
지금 삶에서 채워지지 않는 부분은 무엇인가요?

삶에서 원하는 것이 무엇인지 찾아가는 과정에는 시간이 필요합니다. 불가능할 것만 같은 삶을 왜 계속 꿈꾸는지 궁금할지도 모릅니다. 변화 없는 질문처럼 여겨지기도 하지만, 꿈꾸는 그 삶에 지금 결핍된 것들이 놓여 있을지도 모릅니다. 원하는 욕구가 무엇인지 찾아가는 작업은 나 자신을 찾아가는 첫 발걸음입니다.

prescription.

지금 당신이 원하는 것은 무엇일까요?

마음이 보내는 신호에 먼저 귀를 기울여야 합니다.

水 ──────────────────────

하기 싫은 일이
왜 이렇게 많을까요?

미혜 씨는 고등학교 졸업 이후 경리로 일했는데, 적성에 맞지 않는 것 같아서 대학에 진학했습니다. 졸업한 뒤 뷰티 관련 매장에서 메이크업아티스트로 일하고 있지요. 다른 사람들을 꾸며주고 그들이 예뻐지는 모습이 좋아서 선택한 일이었지만, 일이 생각대로 진행되지는 않았습니다. 매장에는 매달 채워야 하는 매출액이 정해져 있었죠. 판매에 대해서는 관심이 없는데 매출을 채워야 하다 보니, 필요 없는 화장품까지 권하면서 일해야 한다는 게 무척 답답해졌습니다. 일을 선택한 목적과는 상관없는 일을 하는 게 너무 한

심하고 무기력하게 느껴져 고통스러웠습니다. 집에만 오면 힘들어 누워만 있고 싶다고 했죠. 그렇게 원하던 일이 지금은 힘겨운 일로 바뀌어버리고 말았죠.

자본주의가 싫지만

이처럼 좋아서 시작했던 일인데, 예상과는 다른 일까지 해야 해서 스트레스가 심해질 때가 있지요. 드라마 〈라이프〉는 의료계의 부조리를 보여줍니다. 포스터에는 '살리기 위해 우리가 먼저 살아야 했다'라는 말이 써 있습니다. 전문 경영인이 병원을 운영하면서 이윤 추구가 우선이 되고 환자는 소비자가 됩니다. 경영인과 의사 사이에 대립이 시작되죠. 의사들은 성과 곧 매출을 늘리도록 강요받습니다. 막대한 자본이 투입된 대학병원에서 교수도 경영인의 통제를 받게 됩니다. 의사들은 환자에게 비싼 약을 권유해야 하는 등 의사 본연의 업무뿐만 아니라 자본주의 논리에 입각한 부가 업무가 늘었고요.

기관에서 상담을 할 때 상담 내용을 간단히 기입해서 자료를 남깁니다. 상담을 했다는 증거자료가 남아야 하기 때문이죠. 어떤 기관 관련자는 내담자의 상담 내용에 대해 불필요한 부분까지 자세히 물었습니다. 상담 내용은 비밀이고 더는 말씀드리기 곤란하다고 했더니, 기관의 원칙에 따라달라고 했습니다. 이런 일들은 여기저기에서 수없이 일어나지 않을까 싶어요. 비밀도 지켜주지 않는 상담사로 살아가는 게 맞을지 고민하다가 그만두었습니다. 돈을 버는 가치보다 상담사로서의 가치가 중요했으니까요.

상담사라고 하면 우아하게 앉아 다른 사람의 이야기만 들으면 되는 줄 알 수도 있겠지만, 그렇지 않았습니다. 수익구조를 높여야 한다면서 이전 달보다 매출이 얼마나 늘었는지에 대해 회의를 하는 곳도 있었죠. 상담 관련 대학원이 늘어나고 많은 졸업생을 배출하고 있으니 이미 관련 석사 졸업자는 과포화 상태입니다. 전문경영자들로 이루어져 거대 자본이 투입된 프랜차이즈 상담기관들도 있으니 이런 통계는 점차 늘어나겠지요.

자본주의 사회에서 무엇이 옳고 그른가를 이야기하기란 쉽지 않습니다. 이윤추구가 목적인 회사의 수익이 줄어든다면 내 일자리도 사라질 수 있죠. 이럴 때 무엇을 포기할 수 있는지, 포기할 수 없는 중요한 것은 무엇인지 생각해봐야 합니다. 환경이 원하는 대로 살아가자니 나를 잃어가는 듯해 불편해진다면, 자신의 가치에 따라서 결정할 부분이 무엇인지 돌아봐야 하겠죠.

회사에서는 하지 않아도 되는 일들을 해야 할 때가 있습니다. 직업과 관련해 어떤 윤리관을 선택할지 여부는 삶에서 매우 중요하지요. 생각해온 직업에 대한 가치관과 회사의 가치 추구 사이에서 고민하는 순간은 점점 더 늘어갈 것입니다. 회사가 원하는 대로 나를 다 맞출 수는 없지만, 고객이나 다른 사람들 니즈에 맞추지 않은 채 바라는 대로만 살아가는 것 또한 어려운 일이죠.

니체의 세 가지 인간관

니체는 세 가지 인간관을 말했습니다. 낙타, 사자, 어린아이의 삶입니다. '낙타'는 '반드시 무언가를 해야 한다'는, 사회에서 주어진 의무 그대로 수행하는 삶입니다. '사자'는 스스로 결정하며 의지대로 살아가는 주도적인 삶입니다. 그러나 다른 이들에게서 위협도 당하기에 늘 긴장을 놓을 수 없는 상태이기도 하죠. '어린

아이'는 솔직하고 창의적이며 타인에게서 자신을 방어하지 않아도 되는 자유로운 인간입니다.

주어진 대로 낙타로서의 삶을 버텨내고자 할 때 무기력감이 더 커질 때가 많겠죠. 그러나 삶에서 이런 단계는 반드시 거쳐야 할 과정이기도 합니다. 사회생활에서는 낙타로서의 삶이 지속될 수밖에 없으니까요. 예전 세대처럼 낙타로서의 삶이 미래를 만들어주지 못합니다. 참고 견디면 저절로 노후가 보장되는 삶이 아니기 때문이죠. 낙타는 나의 길을 결정하지 못하고 주인 뜻대로 가야 하기도 합니다. 그러나 낙타로서의 삶은 그 나름대로 인생에 의미가 있습니다. 자신만의 개발 능력이나 마케팅 능력이 있다면 처음부터 창업가로 살아가면 되겠지만, 대부분은 직장 생활을 하게 되지요. 또한 조직생활을 통해서 배우는 것들도 많습니다.

직업에 대한 개인의 가치관 또한 바뀌기도 하죠. 내가 좋아하는 일이 더 중요했던 직업 가치관이 나중에 물질을 더 중시하는 가치관으로 바뀔 수도 있습니다. 자유를 갈망했다가 나이가 들면서 안정이 더 중요해지기도 하고요. 직업 가치관이 변화할 때도 할 수 없는 것과 할 수 있는 것을 구별하는 과정이 필요합니다. 이런

윤리 문제나 직업 가치 추구에 대해서 고민하는 사람들은, 남들은 다 눈을 감고 살아가는데 자신은 왜 그러지 못하는지 고민하기도 합니다.

광부들은 카나리아를 통해 유독가스를 확인했다고 합니다. 유독가스를 감지하면 카나리아는 노래를 멈추거나 힘없이 축 처진다고 해요. 직업윤리에 대해서 고민하는 이들은 불합리한 구조를 기민하게 알아채는 카나리아 같은 존재일지도 몰라요. 민감한 편일 수 있지요. 미혜 씨의 직업윤리에 대한 고민은 제 고민이기도 합니다. 상담을 하면 저는 100% 완치를 보장하지 않습니다. 제가 최고라고 하지 않으며, 내담자가 경제적으로 어려울 때는 무료 상담을 권유합니다. 제가 다룰 수 없는 문제라고 생각되면 상담을 이어가지 않습니다. 이런 방식으로 저는 고민을 조금씩 해소하고 있어요.

회사를 그만두는 것은 쉽지 않습니다. 퇴사를 한 뒤 자신만의 직업을 새로 만들어나가는 과정이 필요할 수도 있고요. 그러나 프리랜서나 자영업자가 된다고 해도 직업 가치에 대한 고민은 또다시 생길 수밖에 없습니다. 직업윤리는 자신의 가치에 따라, 보다 열린 마음으로 선택해야 할 문제입니다. 직업은 어디까지나 내 삶과 나의 일부라는 사실을 잊지 마세요.

prescription.

나의 일을 지키기 위해 무엇을 포기할 수 있고,

무엇을 포기할 수 없는지 고민해야 합니다.

水 ———————————————————

좋아하던 일이
지겨워졌어요

영아 씨가 원하는 일은 디자인이었지만 관련 분야에 대해
서 배운 적이 없었습니다. 전에도 여러 회사에서 퇴사를 반
복했고 특별한 기술도 없었지요. 대학교 졸업 성적이 좋은
편도 아니고 특별한 자격증도 없어서, 다른 일을 하라고 권
유할 수도 없었습니다. 매달 갚아야 하는 학자금 대출 때
문에 당장 집에서 나와 경제적으로 독립할 수도 없는 사정
이었고요. 현재 직장 입사도 지인 추천으로 가능했던 터라,
더 나은 직장을 구할 확률은 희박한 상황이었죠. 현재 그녀
가 일하는 목적은 대다수 사람들이 그렇듯 매달 꼬박꼬박

나오는 월급 때문이었습니다. 그래서 스스로 월급 도둑 같다며, 출퇴근만 반복하는 좀비 같다고 말했습니다.

아폴로형 인간과 디오니소스형 인간

회사에서 월급을 주는 대로 순응하며 질서정연하게 움직이는 '아폴로형' 인간은 근대 산업사회에서 꼭 필요한 인재였습니다. 회사에서는 이렇게 지내는 방식이 필요하죠. 그런데 최근에는 자유롭게 살아가는 디오니소스형 인간을 지향하는 이들이 늘어나는 듯합니다. 아폴론은 태양과 빛의 신이자 질서와 이성을 상징하는 신이고, 디오니소스는 술과 축제의 신으로 자유롭고 창의적인 삶을 상징하죠. 대학 연극부에서 연극을 시작하기 전 술의 신 디오니소스에게 제사를 드려야 한다고도 했던 기억이 떠오르네요. 내 안의 '박카스(디오니소스의 다른 이름)' 하나 정도 꺼내서 힘을 내봐도 좋겠지요. 일이 주는 의미가 경제적인 안정감이라면, 또 다른 곳에서 자신만의 즐거움을 찾는 것도 도움이 될 거예요.

하워드 가드너는 《열정과 기질》에서, 그 순수한 유아기 시절 가장 좋아했던 놀이에 대해 관심을 가지라고 합니다. 순수한 마음으로 돌아가서 하고 싶은 일을 할 때, 진정 하고 싶은 일을 찾아갈 수 있다는 것이죠. 융 또한 중년의 위기 상황에 어린 시절 갖고 놀던 돌로 놀이를 시작하면서, 정신적 혼란기를 지나 자신의 자리로 돌아올 수 있었다고 합니다.

일의 동기, 내재적 동기와 외재적 동기

어떤 일을 시작할 때에는 두 가지 동기가 필요합니다. 내재적 동기와 외재적 동기입니다. 내재적 동기는 그저 좋아서 한다는 뜻입니다. 무언가를 얻기 위한 목적 없이, 그저 좋아서 할 뿐이죠. 외재적 동기는 대가를 바라고 한다는 뜻입니다. 물질을 바라거나 명예를 바라고 시작하죠. 즐거움이 아니라 보상을 중심으로 두고 일하는 것입니다.

같은 일이라도 회사에서 하는 일은 재미없는데 회사 밖에서 하는 일은 재미가 있습니다. 놀이는 보상이 없어도 할 수 있는 내재적 동기가 될 수 있어요. 한다는 그 자체로 행복할 것입니다. 제가 지금 좋아하는 일은 글쓰기와 책 읽기인데요. 부모님이 책을 읽으라고 강요한 적이 없다 보니 책 읽기는 제게 그저 즐거운 놀이입니다.

일이 지겨워질 때 필요한 취미

상담일을 하고 싶어서 시작했지만 어느 순간 일이 힘들어졌습니다. 자신의 이야기를 거의 하지 않고 타인의 이야기를 50분 이상 듣는 상담은 에너지가 많이 소모되는 직업입니다. 삶이 점점 답답해졌습니다. 창의적인 놀이를 하고 싶어서 견딜 수 없는데, 그게 무엇인지 알 수 없으니 말이죠. 의미 없는 모임에서 피상적인 이야기를 하는 것도 싫었습니다.

상담 말고 하고 싶은 취미를 찾아보면 모두 예술 활동이었습니다. 검색을 통해 유무료 강연들을 섭렵했습니다. 규방 공예, 서양미술사, 드로잉 수업, 글쓰기 카페 등 다양한 곳을 찾았죠. 드로잉 수업을 마치고는 수업을 듣던 사람들과 함께 작은 갤러리에서 전시를 하기도 했습니다.

하지만 시간이 흘러 모임이 끝나자 그림 그리는 것도 어느새 흐지부지해지고 말았습니다. 함께 모여서 스케치하듯 빨리 그리는 드로잉은 괜찮았는데, 혼자서 매일 그리는 건 잘 되지 않았습니다. 규방 공예는 수업하는 동안 같이 이야기하면서 만드는 것은 좋았는데, 집에 가서까지 계속해서 만들고 싶지는 않았어요. 똑같은 작품을 만드는 것도 재미가 없었고요. 꼼꼼하게 한 땀 한 땀 바느질을 하는 규방 규수로서의 기질은 제게 없었나 봅니다.

잘하느냐 못하느냐 여부가 중요한 게 아닌데도 열정이 쉽게 사그라들었습니다. 돈 버는 작업도 아닌데 굳이 스트레스를 받으면서 해야 하나 싶어 그만두었고요. 이것저것 해보는 자체에 의미가 있고 해보는 시도 자체가 더 좋다고 생각합니다. 직업이 아니라 해도 내가 어떤 재능을 갖고 있는지 탐색할 수 있는 장이 되면 좋겠다고 생각했습니다. 자신에게 어떤 씨앗이 숨겨 있는지는 심어봐야 알 수 있으니까요.

해보지도 않은 채 '내가 더 빨리 시작했더라면 더 잘할 수 있었을 텐데' 하며 후회하는 것보다 낫겠죠. 한 번뿐인 인생, 하고 싶은 것은 다 해보며 살고 싶었습니다. 성장은 단번에 이루어지지 않고 순탄치 않을 수도 있지만, 하고 싶은 놀이 가운데서 진정한 나를 만날 수도 있습니다.

글쓰기 카페를 중단했지만 다시 용기를 내서 꾸준히

시도했습니다. 그러다 보니 글쓰기 습관이 붙었고, 글을 쓰는 것은 여전히 힘들지만 즐겁습니다. 글을 쓰면서 첫 번째로 한 결심은, 비교하지 말자는 것이었습니다. 글 잘 쓰는 사람만을 기준으로 삼아 비교만 하다가는 아무것도 할 수 없을 것 같았죠. 무엇보다 제가 중요한 건 제가 쓰고 싶은 글을 쓰는 것이었으니까요.

두 번째로 글을 공개하는 용기가 필요했습니다. 아무도 읽어주지 않는 글은 일기일 뿐인데 혼자만 보는 글을 써왔죠. 어느 날 용기를 내어 브런치에 글을 올리자, 사람들이 제 글을 읽기 시작했고 점점 구독자 수가 늘어갔습니다.

세 번째는 책 쓰기에 대한 불안을 내려놓는 것입니다. 계약을 하고서도 책이 세상에 나온다는 것에 대한 불안감이 밀려왔지만, 글을 쓰고 또 출판하고 나면 그 글은 읽는 사람 몫이라고 생각하기로 했습니다.

혼자 있기 좋아하는 분들에게 그림 그리기나 글쓰기를 권유합니다. 자유롭고 창의적인 일들을 해보라고요. 결과물에 상관없이요. 또한 원데이 클래스나 카페 모임 등에 참석하는 것도 좋은 에너지를 줍니다. 새로운 체험은 늘 흥미를 주니까요.

영아 씨는 어린 시절 자발적으로 했던 놀이를 되찾았습니다. 아주 작은 노트를 들고 다니면서 시간 날 때마다 틈틈이 그림을 그렸죠. 그녀는 미대에 가고 싶었으나 안정적이지 못하다는 이유로 포기해버린 그림을 지금 다시 선택할 수 있다는 사실을 알게 되었습니다. 직업으로 선택할 수는 없지만, 감각과 감정을 사용해서 표현할 수 있는 창조성을 찾은 셈이죠. 어린 시절의 시간과 현재의 시간을 이어주는 그림을 통해, 영아 씨는 쾌활함을 되찾았습니다. 회사에서는 가면을 써야 하는데, 그림 작업은 타인에게 맞출 이유도 없고 자유롭게 그릴 수 있었으니까요. 자기 자신에게 충실할수록 마음은 회복되었습니다. 자신의 욕구를 부인하지 않고 돌보는 법을 배우게 되었고요.

글이든 그림이든 무엇이든 상관없습니다. 꼭 돈이 되는 놀이만 할 필요도 없고요. 하고 싶은 대로 할 수 있는 만큼 일하면 됩니다. 일에 흥미를 잃어갈 때 가끔은 '딴짓'이나 취미를 찾아보는 게 그 일에도 큰 도움이 될 것입니다.

prescription.

놀이 가운데서

진정한 나를 만날 수도 있습니다.

水 ─────────────────────────────

생계유지형인가요,
내부지향형인가요?

　일의 의미를 모르겠다는 분들은 먼저 일에 대한 자신의 가치관을 살펴봐야 합니다. 찰스 핸디의 《포트폴리오 인생》에서는 일과 관련된 심리 유형을 나누어 기술합니다.

　첫째, 생계유지형은 금전적, 사회적인 안정이 중요합니다. 변화를 원하지 않고 안정적인 월급을 받으면서 오랫동안 할 수 있는 일을 우선하게 되지요.

　둘째, 외부지향형은 성취 욕구가 높고 타인들에게서 받는 외적인 존경이 중요하며, 일에 대해 정당한 보상을 요구합니다. 사회적인 지위가 중요한 경우 전문 직인 의사, 변호사, 회계사, 세무사 등을 통과하기 위해 고된 시험 등을 겪어내야 하며, 소수만이 그 자리를 획득합니다. 그러려면 개인 시간을 희생해서 그 과정에 몰입해야 하고요. 적절한 보상과 함께 사회적인 인정 도 따릅니다. 최근에는 유명 유튜브 크리에이터, PD, 작가, 운동선수, SNS 인플루언서 등도 매력적인 직업 으로 인정받고 있습니다. 인기도 얻고 물질적인 혜택 을 누리기도 하니 청년층의 선호도가 높죠.

셋째, 내부지향형은 두 유형보다 물질을 중시하지 않으며, 개인적인 성숙과 삶의 가치를 중시합니다. 타 인을 위한 봉사나 개인 활동에 관심이 많고, 여유를 중 시하며, 재능을 적극 활용하고자 합니다. 외부지향형 이 예전 세대에서 중요하게 여겼던 가치라면 최근에는 내부지향형을 추구하는 이들이 점차 늘고 있습니다.

당신은 어떤 유형인지 생각해본 적 있나요? 물론 경 제적인 여유도 있으면서 재능을 발휘하고 열정까지 쏟 을 수 있는, 모든 것이 만족스러운 일자리에 대한 고민 은 계속됩니다.

생계유지형이면서 내부지향형인 직업

한 TV 프로그램에서 택배기사를 병행한다는 가수가 했던 인터뷰를 보았습니다. 여행을 워낙 좋아해서 출퇴근이 일정한 정규직으로 취업하는 대신 업무 시간이 유동적인 택배 일을 하게 되었다네요. 택배로 생계를 유지하고, 삶에 중요하다고 생각하는 여행을 선택한 것입니다. 그와 비슷하게 해외 봉사활동에 갔을 때, 매년 아프리카에 한 달씩 오고 싶어서 프리랜서로 일하거나 회사의 단기 프로젝트에만 참여한다는 이들도 만났습니다.

자신을 솔직하게 표현하면서 적성과 재능에 맞는 일을 찾고자 노력하는 이들이 늘고 있습니다. 성공에 대한 공식이 개인 가치에 따라 달라지고 있죠. 최소한의 생계를 유지하는 수준만 필요한 일을 하고 그 이외에는 창의적인 일에 몰두하는 이들도 많습니다. 일과 더불어 성장한다는 것은 의미가 큽니다. 프리랜서 아티스트로서만 살아가고 싶다면 상품을 파는 능력도 있어야 합니다. 소상공인이나 개인 사업을 하는 전문가도 홍보나 마케팅 능력이 필요합니다.

일에 대한 가치관은 무엇보다 중요합니다. 적은 돈

이라도 매달 들어오는 월급과 안전이 중요한 사람이라면 불안정한 일자리는 공포를 일으킵니다. 막연히 일이 잘될 거라는 믿음으로 프리랜서를 시작했다가 수입이 불안해지자 견디지 못하고 회사로 돌아가는 이들도 많습니다. 반면 안전보다 창조성이 중요한 이가 반복적인 일을 한다면 고통스럽겠죠. 자신이 어떤 가치관을 갖고 있는지 찾는 시간을 충분히 가져야겠죠.

직장인들이 회사를 그만두지 못하는 이유 중 하나는 돈입니다. 회사는 다니기 싫고 하고 싶은 일을 하겠다는 생각이 확실해졌다면, 물질을 통제하는 능력을 키워야 합니다. 직업 변경을 위해, 하고 싶은 일을 위한 다음 길로 나아가기 위해 자신의 소비를 통제할 수 있다면, 다른 기회를 선택할 수 있습니다. 최소한의 생활비와 그 외 욕망 충족에 드는 비용이 어느 정도인지를 탐색하는 거죠.

원하는 일을 하고 다시 돌아온다고 할지라도 최소한 일이 년 정도의 경비는 모을 수 있어야 합니다. 직장인들이 의외로 욕망 경비에 돈을 많이 쓴다고 합니다. 소소한 택시비, 브랜드 커피, 스트레스 받을 때 충동 구매하는 옷 등에 쓰는 욕망 경비를 줄여야 합니다. 이런 비용들이 통제될 때, 하고 싶은 일에 몰두할 기회가 더 늘어날 테니까요. 자신의 1순위 가치를 선택하고 앞으로의 여정을 준비해 나가야 합니다. 가장 좋아하는 것들을 우선으로 생각하는 노력을 해야 합니다.

밥벌이였던 일을 내부지향형으로 바꾼 여성

성공한 여성 CEO인 아니타 로딕은 처음엔 호구지책으로, 원주민에게서 배운 제조법으로 만든 화장품을 팔기 시작했습니다. 그녀는 화장품 용기를 가져오면 리필을 해주는 시스템을 도입했는데, 이 또한 경제적인 여유가 없었기 때문이었죠. 먹고살기 위한, 생계유지를 위한 일이 기업의 시작이었습니다. 로딕은 글로벌 브랜드 바디샵의 기업가가 된 뒤, 기업의 윤리적인 책임에 대해서 말합니다. 종교와 상관없이 인생은 신성하며 경외심을 불러일으킨다는 깨달음에, 영성에 대해 관심을 가지기 시작했죠.

로딕은 청년 시절 히피 생활을 하기도 했고 10대 때 여러 시위에 운동가로 나서기도 했습니다. 1995년에 최초로 가치관백서를 발표했고, 자신의 사업에 가치를 부여하는 실천가로서의 삶을 살아갑니다. 화장품 원자료 구입과 관련하여 동물보호와 환경보호 감사를 실시하고, 소규모 원주민 공동체와 직거래를 하며, 전쟁을 반대하는 등 각종 사회적 각종 캠페인을 펼칩니다. 홈리스의 자립을 돕는 잡지 〈빅이슈〉도 그녀의 아이디어입니다. 사업 성공은 물론 그린피스 캠페인, 동물실험 반대 캠페인 등, 운동가로서 사회적으로도 기여한 그녀는, 회사에서도 신념을 버리지 않고 살아갈 수 있고, 이상을 실행하고 표현할 수 있단 걸 보여주었습니다. 비록 그녀가 죽기 1년 전 바디샵은 로레알 그룹에 매각되지만, 로딕은 유산을 대부분 바디샵 재단에 남기고 떠납니다.

대다수 직업인은 생계 유지부터 시작합니다. 아니타 로딕은 수익을 창출하면서 가치관에 따라 타인과 함께 공동체라는 집단을 이루면서 살아가기로 정하고, 그에 따라 성공을 이루었죠.

《영적인 비지니스》를 읽으면서 나의 가치관에 대해서 생각해보았습니다. 그러다 '마음달'이라는, '마음을 새롭게 하다'라는 뜻의 필명을 지었습니다. 자신이 누구인지 모르는 고민을 가진 이들이 정체성을 찾게 한다는 의미를 담았죠. 생활비와 등록금을 벌기 위해 상담을 시작했지만, 아주 작게나마 기부 활동 또한 계속 함께하려고 합니다.

내부지향형이든 외부지향형이든, 일하는 목적에 따라서 일의 의미를 찾는 것은 중요합니다. 가족을 먹여 살리기 위한 한 달 생활비를 위해 일하는 것도 의미 있고, 적은 월급이지만 지구를 살린다는 목표로 환경단체에서 근무하는 것도 의미 있습니다. 모든 사람에게 일의 목표가 하나일 수는 없습니다. 내 일에 의미를 부여하는 것은 그 누구도 아닌 곧 나이기 때문입니다.

prescription.

내가 좋아하는 것들이 내 인생의 의미를 만들어갑니다.

水 ————————————————————————

일이 맞지 않는 것
같아요

효진 씨는 일이 맞지 않아 삶이 더 힘든 것 같다고 하소연 했습니다. 자신에게 맞는 비전이나 천직을 찾고 싶다고 했습니다. 천직을 찾지 못해 잘못된 직업을 선택한 뒤 불행하다고 하는 것은, 지금 배우자를 잘못 만나 삶이 힘들다는 이들과 비슷해 보입니다. 직장에서 통제받거나 조종당하는 경우가 많고 선택할 자유가 줄어들 때 고통스럽죠. 조직이 내 삶의 의미를 만들어주지 못하기 때문이기도 하고요. 특별한 천직을 찾지 못해 삶이 불행하다고 생각한다면, 직장 생활은 더더욱 지옥이겠죠.

천직을 찾아주세요

천직이 무엇이냐고 물어보면 추상적으로 대답하는 경우가 많습니다. 특별한 직업을 찾아야 한다는 소망을 비롯해, 적절한 보수에 의미가 있고 몰입하며 즐거울 수 있는 그런 일을 원합니다. 천직에 대한 갈망 때문에, 딱 맞는 직업을 찾아준다면서 광고하는 비전문 기관들도 많고요. 백만 원 가까이 비용을 들여 신뢰도와 타당도와는 무관한 진로적성검사를 한 분들도 많이 보았습니다. 안정적인 직장에 다닌다 해도 현재 직업이 맞는지 고민하는 사람들이 많다는 점을 돈벌이로 사용한 셈이죠.

예전에는 직업이 이미 정해진 삶을 살았습니다. 조선시대였다면, 부모가 백정이면 자식도 백정, 부모가 농사꾼이면 자식도 농사꾼이 됩니다. 계층이 정해진 신분사회였으니까요. 영국 사람들은 조상의 직업과 가문의 이름이 연관되기도 합니다. 대장장이는 스미스, 목수는 카펜터, 제빵사는 베이커, 집사는 스튜어드 등 직업이 나를 대표하는 이름 자체가 되기도 합니다. 과거에는 이렇듯 직업이 태생으로 정해져 그 일이 나를 대표했고, 자손도 부모 일을 따라가는 게 순리였습니

다. 첫 회사에 들어가면 퇴직할 때까지 계속 다닐 수 있
던 때도 있었죠. 지금은 한 직장에서 오랫동안 일할 수
있다고 생각하지 않습니다. 경제성장률이 낮고 회사가
삶을 보장해주지 않는다는 사실을 충분히 알고 있습니
다. 대부분 직장인은 회사는 나와 함께 갈 대상이 아님
을 명확하게 알게 되었고, 조직에 삶을 맡길 생각이 없
습니다.

조지프 캠벨은 《신화의 힘》에서, 천복을 좇아가되
두려워하지 말라고 했습니다. 어느 길인지는 몰라도
문은 열린다는 것입니다. 중요한 것은 좇아가는 자세
자체라고 생각합니다. 미래의 길을 발견할 기회는 오
로지 시도 속에만 존재합니다.

맞는 직업을 찾아주세요

하고 싶은 일에 대해 물어보면, 전문직이면서 자유
롭고, 휴식도 충분하고 존경도 받는 일인 경우가 많죠.
유튜브크리에이터, 영화감독, 디자이너 등 창의적이거
나 특별한 재능이 필요한길을 가고 싶다고 생각하는
이들도 많습니다. 보수도 높고 타인의 존경도 받는 변호
사, 세무사, 의사가 되기 위해 노력하는 이들도 많고요.

시나리오 작가를 꿈꾸지만 어쩔 수 없이 지금 일을 한다는 정주 씨도 그랬습니다. 몇 년 동안 글 한번 쓰지 않았고 지금은 임시직으로 일한다고 했습니다. 언젠가는 작가를 꿈꾸고 있기에 지금 하는 일들은 그저 돈을 벌기 위한, 의미 없는 일이라고 했습니다. 정주 씨에게 작가 클래스를 바로 찾아보라고 추천했습니다. 지금 단 한 줄도 쓰지 않는데 어느 날 작가가 될 수는 없으니까요. 시나리오 작가를 꿈꾸면서 '그렇게만 된다면 행복할 텐데'라고 생각만 한다면, 현재 일은 더 지겹고 삶은 더욱 무기력해지고 불평불만만 계속 늘어날 겁니다.

생각해보면 대다수 사람들은 가족을 부양하고 먹고 살기 위해 일하고 있을지도 모릅니다. 천직을 찾지 못한 이들의 삶을 불행이라고 치부한다면 그 또한 이분법적 사고에 머무른 것인지도 모릅니다. 일에 과도한 의미를 부여하는 순간 일의 의미가 퇴색됩니다.

하고 싶은 일이란 결국 더 나은 일을 하고자 하는 소망입니다. 천직을 통해 내가 지닌 어떤 결핍 요소가 해결되는지 찾아보는 과정이 필요합니다. 정주 씨는 살아온 이야기를 하고 싶었습니다. 청소년기 힘들었던 시절의 아픔을 이야기로 녹여보고자 했죠. 자유롭게 이야기하고 싶다는 소망이 담긴 것이죠. 시나리오가 완성되고 영화화되는 일이 확률이 적다 해도, 블로그로 자신만의 글을 쓸 수도 있고, 시나리오 공모전을 통해 시나리오 작가가 천직이 맞는지 확인할 수 있겠죠. 적어도 시도해봄으로써, 해보지도 않고 후회하는 삶과는 멀어질 수 있습니다.

prescription.

천직이 따로 있는 것이 아니라

계속 원하는 걸 좇아가는 우리가 있을 뿐입니다.

Part 4

[목요일]

즐겁게 일하는 방법을 알고 싶어요

- 내 시간을 즐기지 못하는 이유

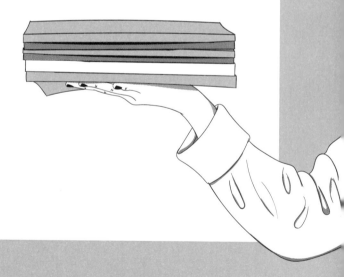

✳ ─────────────────────────

재밌게 살고 싶은데
방법을 모르겠어요

무엇을 해도 재미가 없다는 지은 씨를 만났습니다. 제게 재미있게 사는 것 같다며, 책도 쓰고 강연도 다니는 게 부럽다고 했습니다. 재미란 과연 무엇일까요? 산업혁명이 일어나고 일하는 시간과 쉬는 시간이 분리된 뒤부터 '재미fun'라는 단어가 등장했다고 합니다. 즐겁고 유쾌한 기분이나 느낌을 뜻하겠지요.

재미를 느끼는 요소들에 대해 생각해봅니다. 지은 씨가 짜릿한 재미를 경험하는 순간 중 하나는 지름신이 내릴 때입니다. 고민 끝에 예쁜 옷을 장바구니에 넣고 구입할 때요.

가끔은 명품 가방을 살 때도 있습니다. 그 즐거움으로 만족감이 올라갑니다. 그런데 이 즐거움은 며칠 가지 않아 곧 허탈해집니다. 예쁜 옷을 사 입으면 자신이 나아진 것 같아 기분이 좋아지는데, 비교에서 출발하다 보니 또 새로운 옷이 보이고 그 즐거움이 시들해집니다.

재미가 주는 새로운 관점들

무언가를 갖게 되면 분명 행복한데 이 행복감은 왜 이렇게 빨리 사라질까요? 사회심리학자 하프 반 보벤은 물질적인 소유보다 체험을 경험할 때 행복감이 증가한다고 말합니다. 물질적인 소유는 지속적이지만 체험은 일시적인 경험입니다. 《재미의 본질》에서 저자 김선진은 재미는 선택을 하는 것이며, 변화가 있고, 그 변화를 경험하는 과정이자 평범한 일상을 즐거운 순간들로 채워가는 것이라고 했습니다.

재미를 추구하는 유형도 저마다 다릅니다. 외향형과 내향형에 따라 달라질 수도 있습니다. 외향적인 스타일은 자극을 추구하는 면이 높습니다. 등산을 가거나 운동을 하거나 여행을 가는 등 외부자극이 중요합니다. 내향적인 스타일은 혼자 음악을 듣거나 글을 쓰는 여유로운 시간을 선호합니다. 새로운 자극만 추구하는 것, 특별한 것만이 재미는 아니니까요. 지금까지와 같은 삶의 방식이 아니라 낯선 방식들을 경험할 수도 있습니다. 고양이나 강아지를 키우거나, 새로운 것을 배우거나, 창의적인 활동을 할 수도 있지요. 중요한 것은 자유입니다. 무엇보다 자발적인 선택을 한다는 데 의미가 있습니다. 다들 어린 시절 이런 경험을 한번쯤 해본 적 있을 거예요. 알아서 먼저 하려고 할 때는 재미있었는데, 부모님이 하라고 하면 그때부터 하기 싫어지기도 하는 그런 경험요. 실제로 부모가 나서서 선택을 주도할수록 무기력을 경험하는 경우가 많다고 합니다.

번아웃을 겪으며 아무것도 하기 싫을 때는 그저 맛있는 것을 먹고 쉬면 됩니다. 몸을 잘 돌보는 것도 무엇보다 중요하니까요. 드라마 〈고독한 미식가〉를 보면, 맛있는 음식을 찾아다니는 자체가 행복임을 확인할 수 있죠. 폭식이 아니라 맛 자체를 음미하는 즐거움입니다. 1차원적인 감각들을 살려보는 것도 재미와 행복을 끌어올리는 데 좋습니다. 아무것도 안하고 눕고 쉬는 것도 능력입니다. 연말이 되면 감기몸살에 걸릴 때가 있는데, 그럴 때면 저도 가능한 한 그저 먹고 자기를 반복합니다. 능력 이상의 일을 맡지 않으려고 조절하기도 하고요. 몸은 마음을 가장 정직하게 표현하니까요. 그렇게 내 몸을 내 마음을 괜찮다고, 또 괜찮다고 토닥여 줄 때, 삶의 재미와 행복을 더 쉽게 만날 수 있습니다.

prescription

재미란 곧 자발적인 선택과
같은 말일지도 모릅니다.

✳ ─────────

내가 하는 일들을
어디까지 알려야 할까요?

　동료 상담사들과 수퍼바이저에게 상담실을 열라는 말을 들었을 때였습니다. 상담은 원하던 일이었지만 마케팅을 해야 한다는 게 영 내키지 않았습니다. 저 자신에 대해 알린다는 게 불편했거든요. 대형 프랜차이즈 상담 센터에서는 연예인이 출연하는 동영상을 올리기도 하고 포털사이트 키워드 검색을 통해서도 홍보를 합니다. 직접 상담을 받았다는 블로그 홍보도 일상으로 이루어지고요. 그러다 보니 홍보에 미숙한 개인 상담사가 상담실을 열었다가 비용을 감당하지 못하고 문

닫는 경우도 자주 보곤 했습니다.

요즘에는 자격증이 남발합니다. 심리학회에서 받는 상담심리사 1급, 임상심리전문가 같은 자격증은 석사 졸업 후 최소 3년간 수련을 받기 때문에 해당 자격증을 획득한 전문가가 각각 1,500명에서 1,700명 정도입니다. 하지만 사설기관에서 3개월 만에 쉽게 발급하는 상담 자격증도 많기에 심리학 전문가가 아닌 이상, 무엇이 믿을 만한 자격증인지 알기 어렵습니다.

그러다 보니 이제는 어떻게든 꾸준히 자신을 알리는 게 중요하다는 생각이 듭니다.

나의 일을 소개하는 즐거움

상담실을 예로 들긴 했지만, 어떤 일을 하고 그 일을 어떻게 진행하는지 알리는 게 무척 중요한 시대가 왔습니다. 나 자신은 직업과 관련된 내 경험과 과정이 어떻게 쌓여왔는지 잘 알지만, 문제는 남들은 전혀 모르고 관심도 없다는 데 있죠. 작가들도 예전에는 글만 쓰면 되었지만 이제는 자신을 잘 알려야 합니다. 유튜브든 무엇이든 알릴 수 있는 영역이라면 모두, 스스로를 드러내고 홍보하는 게 그 어느 때보다 중요한 시대입니다.

 작가로서 저는 구독자가 1만 8,000명 정도인 브런치를 운영합니다. 처음 시작할 때는 본명을 쓰는 게 부담스러워 필명으로, 마음을 새롭게 한다는 뜻인 '마음달'을 사용했고 얼굴을 공개하지도 않았습니다. 책을 출간하고 나서는 인터뷰나 강의를 하니 공개하지 않는 게 오히려 어려웠어요. 자신을 드러내지 않고도 글만으로 홍보가 될 능력이 된다면 좋았겠지만, 그럴 만한 작가들은 정말 극소수겠지요. 그러니 이제는 강연이나 인터뷰 요청이 들어오면 적극 참여하고, 어떻게든 스스로를 알리는 걸 두려워하지 않고자 노력합니다.

 저도 마케팅 무식자이기는 하지만, 시간이 갈수록 결국 자신에 대해서 알리는 것이 필요하다는 생각이 듭니다. 전문가로서 능력을 갖춘다고 해도 프리랜서 상담자로서 받는 비용은 10년이 지나도 큰 차이가 없습니다. 상담사들은 내향적인 사람이 많다 보니 자신을 드러내는 것에 대해 늘 불편해합니다. 그러나 이제는 자신에 대한 홍보를 시도하고 안 하고의 차이에 따라 결과가 크게 달라집니다. 전에는 책 한 권으로도 충분히 자신을 알릴 수 있었다면 지금은 전혀 그렇지 않습니다. '개인 브랜드'는 나에 대해서 기록하는 것에서 부터 시작될 수 있습니다. 블로그든 유튜브든 관심 분야를 꾸준히, 자주 기록하고 알리는 것부터 시작해보세요! 늘 그렇듯 시작이 이미 반이니까요.

prescription.

나를 드러내기를 주저하지 마세요.

✳ ────────────────────────────

하고 싶은 일이
정말 할 수 있는 일이
아니면 어떡하죠?

　상담을 통해 내담자들을 만나면서 일은 다 힘들다는 사실을 알았습니다. 우리는 대부분 비슷한 생활 수준을 가진 사람들을 주로 만나게 됩니다. 그러다 보니 주변 사람들의 삶이 아닌, 더 다양한 삶의 형태를 접하기 힘들죠.

　나를 둘러싼 일들은 다 힘들어 보이니, 다른 일을 하면 더 행복해질 것 같은 막연한 믿음에 사로잡히게 됩니다. 그렇게 원하는 직업에 대해 자세히 알아보지 않고 바로 그 직업으로 옮기려 들기도 합니다. 하지만 하고 싶은 일에 가까워지려면 먼저 그 일 자체의 경험에 먼저 가까워져야 한다는 것을 잊어선 안 됩니다.

현재 나의 직업에 대해서는 자세히 알기에 장단점이 확실히 보이지만, 다른 사람의 직업에 대해서는 면밀히 살펴보지 못하는 경우가 많죠. 내담자 가운데 자신에게 상담 일도 맞을지 확인하려는 분들을 간혹 만나게 됩니다. 그러나 그중 대다수는 결국 상담을 너무 쉽게 생각했던 것 같다고, 상담사 일을 해볼 생각이 사라졌다고 말하곤 합니다. 해답 제시를 하면 끝나는 줄 알았는데, 공감과 사람에 대한 이해가 무척 필요한 직업이라는 사실을 깨닫고 나면, 생각보다 더 고되고 힘든 것 같다고들 하시죠.

직업과 관련해 적극적으로 정보를 검색하고 관심분야에 대해 찾아보는 분들도 많죠. 성우가 되고 싶었던 해인 씨는 페이스북과 카페 등을 탐색하다가 성우 지망생 캠프에 가서 실제 성우들을 만났습니다. 성우가 그리 안정적인 일자리가 아니라는 사실을 안 뒤 해인 씨는 전문 성우의 길을 포기하게 되었죠. 그 일을 동경하지만 안정된 수입이 보장되지 않는다는 점이 해인 씨에게는 힘든 부분이었으니까요. 매력적인 일이기는

하지만 생계를 안정적으로 유지할 만큼 잘해낼 자신
도 없었고요. 나중에 직장을 다니면서 프리랜서 성우
일을 할 기회가 생기면 해보고 싶다는 방향으로 마음
을 정리했습니다. 생각의 범위를 좀 더 넓히고 실제로
경험해본 것이 해인 씨에게 큰 도움이 되었습니다. 막
연히 책이나 간접 경험으로만 접해본 성우의 세계에서
벗어나 실제 현실과 대면한 뒤, 그 분야를 더 깊이 깨달
은 것입니다.

　글을 쓰고 싶다면 글쓰기나 책 쓰기 모임도 추천합
니다. 저는 꽤 오래전부터 작가가 되고 싶었습니다. 하
지만 아무리 책을 읽어도 글을 잘 쓰는 법은 도무지 감
이 오지 않았고, 작가란 너무나 소원한 일처럼 느껴졌
지요. 그러다가 거금을 들여 글쓰기 카페에 가입했습
니다. 카페에 가면 선생님이 책 출간부터 목차까지 도
와주실 줄 알았는데, 현실은 달랐습니다. 목차를 제가
직접 작성해야 했고, 글도 저 스스로 수정해야 했습니
다. 출판사 편집자, 출간 작가들의 특강을 들으면서 신
인작가로서 출간하기가 생각보다 훨씬 더 힘들다는 현
실도 알았고요. 출간 후 인생이 바뀌고 강의를 더 많이
하게 되었다며 찬란한 미래를 말하는 작가들도 있었지

만, 현실은 달랐습니다. 1쇄도 팔리지 않는 책이 90% 이고 아울러 인세도 생각보다 적어 더 놀랐지요.

책을 내든 안 내든, 혼자 쓰는 글이어도 그저 좋다고 생각했었습니다. 언젠가는 공감을 주는 에세이를 한번 내면 좋겠다는 마음만 품고 있던 터라, 외부에 글을 공개하는 건 불편했습니다. 그래서 글쓰기 카페 말고는 제 글을 보이지 않았죠. 브런치에 글을 올리고 다음이나 카카오 메인에 오르면서 출판사로부터 연락을 받아 책을 쓰게 된 건, 훨씬 더 나중 일입니다. 밥벌이가 되지 않아도 글을 쓰는 게 좋아서 할 수 있었던 것 같습니다. 작가가 직업이라면 시도 자체도 더 힘들었겠죠. 출간 과정을 알게 된 것만으로도 도움이 되었습니다. 어떤 일이든 관심 가는 곳으로 찾아가보는 것, 그때부터 그 일과의 인연은 시작입니다.

직업의 세계는 너무나 넓습니다. 하고 싶은 일이 있을 때는 찾아가서 직접 경험하고 해당 분야에서 일하는 사람에게 조언을 듣는 게 가장 좋습니다. 그러나 무작정 만나자고 메일을 보내거나 인터뷰를 요청한다면 거절당할 가능성이 높겠죠. 전문가들은 늘 바쁘고, 일정에 쫓기면 갑작스러운 제안을 흔쾌히 받아주기 쉽지 않을 테니까요. 그러니 원하는 직업군의 원데이 클래스나 강연 등을 통해 직접 접해보기를 더 추천합니다. 원하는 꿈의 세계에 가깝게 갈 기회는 생각보다 더 쉽게, 더 많이 찾아볼 수 있답니다.

prescription.

상상이 힘을 발휘하는 때는
행동으로 옮기는 순간입니다.

✱ ─────────────────────────────

갭이어,
이제 와서 유학을 떠나도 좋을까요?

미영 씨는 회사를 다니는 의미가 없다며 자유로운 생활을 원했습니다. 대학 시절 좀 더 공부했다면 좋았겠다고 생각했죠. 그래서 중국에 유학을 갔고, 다녀오니 30대 중반이 되어있습니다. 다시 직장을 찾으려 했지만 녹록지 않아 스트레스를 받았습니다.

많은 사람들이 여행이나 유학을 다녀오면 더 많은 기회가 열릴 거라고 기대하지만, 나이 때문에 오히려 직업군에서 밀려나는 경우도 많습니다. 나이제한 때문에 취업 기회조차 잃게 되기도 하더라고요. 목적이나 목표를 분명히 세우지 않았거나, 유학을 다녀와서 할 일을 미리 고민하지 않고 막연한 기대만으로 훌쩍 떠났다가 돌아오니 갈 곳 없는 망연함에 답답함과 우울감을 많이들 호소합니다.

더 멀리 가기 위한 쉼표

퇴사의 목적을 깊이 생각해봐야 합니다. 휴식인지, 진로 탐색인지, 아니면 새로운 도전인지요. 매일 회사를 다닌다는 것은 정말 힘든 일이에요. 그러다 보니 회사를 그만두기만 하면 자유로워질 것 같다는 생각이 들기 쉽죠. 그래서 일단 그만둔 뒤 쉬는 동안 천천히 알아보고, 언제까지 쉴지는 모르겠지만 자신에 대해 돌아보고 좀 더 탐색하는 시간인 '갭이어gap year'가 필요하다고들 합니다. 내가 무엇을 좋아하고 무엇을 잘 하는지 찾아보는 시간요. 이런 명목으로 목적 없이 회사를 다니다가 그만두기를 반복하는 이들도 많습니다.

정체성을 찾기 위해 퇴사한다고도 하는데, 삶은 타인과의 관계를 통해 더 뚜렷이 알 수 있기도 합니다. 외부로부터 도망가기 위한 공부인지부터 점검해보았으면 합니다. 그저 도망치듯 저지르는 퇴사는 무모합니다. 온전한 나를 찾고, 성장을 하는 시간은 정말 필요하지만, 그 시간을 잘 써야 합니다. 나중에 원하는 것을 찾기가 오히려 더 어려워질 수 있다는 현실도 놓치면 안 되겠지요.

갭이어는 모든 것을 내려놓은 뒤 가질 수도 있지만, 일상에서도 틈틈이 가질 수 있습니다. 저녁에 꼭 일기를 쓰거나 하루 30분씩 책을 읽으면서도 찾아갈 수 있고요.

정체성이라는 개념을 발전시킨 심리학자 에릭슨은 개인의 정체성과 사회의 정체성은 상호 보완 관계를 맺고 있다고 했습니다. 내가 나에 대해 지닌 관점과 타인이 부여하는 자기상, 지금까지 경험한 자기상을 통합해가는 과정이 필요합니다. 갭이어를 통해 정체성을 제대로 찾아볼 수 있다면, 그 시간은 결코 헛되지 않을 것입니다. 미영 씨가 유학 이후 삶에 대한 고민을 시작했던 것처럼 말이죠.

prescription.

갭이어는 멀리 있지 않아요.

마음이 늘 무겁고,
복잡한 생각들뿐이라면…

책을 읽다 보면 꼭 따라 해보고 싶다는 생각이 들게 하는 책이 있는데,《걷는 인간, 하정우》도 제게 그런 책이었습니다. 인생이 공평하지 않다는 건 알지만, 연기도 잘하고 그림도 잘 그리고 연출도 잘하고 글까지 잘 쓰다니요. 제가 그를 겨우 따라 할 수 있는 부분은 걷기뿐입니다. 다행히 돈 한 푼 들지 않지요.

튼튼한 다리만 있다면 언제든 어디로든 걸을 수 있습니다. 복잡하고 힘든 마음도 잡생각도 사라집니다. 코로나19로 외출이 힘들 때는 사람들이 없는 새벽에라도 일어나 공원을 걸었습니다.

일상이 지루해서 견딜 수 없을 때, 산티아고 순례길을 갈 수는 없으니 동네 걷기를 시작합니다. 상담실 근처 시장에 가거나 공원으로 향하면서 나무와 숲을 봅니다. 특히 수원 화성을 걸을 때면, 이렇게 아름다운 곳이 있나 싶을 정도로 탁 트인 하늘과 성곽이 보여 더 행복해집니다. 무기력한 기분이 들 때 근처 시장을 돌아다니면, 열심히 사는 상인들에게서 삶의 열기가 전해집니다. 그 삶 가운데로 들어간 기분이 되어 에너지를 받고 돌아옵니다.

휴가로 다들 근교로 떠날 때에도 멀리 나가면 막히는 도로에 지칠 것 같아 걷기에 집중합니다. 무엇이 되어야 한다는 생각과 무엇을 해야 한다는 생각을 잠시 내려놓고, 하늘을 바라보고 뇌를 쉬게 합니다. 천천히 걷기도 합니다. 상담이 빈 시간 동안 아무 생각 없이 걷다 보면 스트레스가 줄어듭니다. 그런 때 하늘의 구름을 올려다보면 지브리 스튜디오의 만화에 나오는 배경 그림과 다를 바 없더라고요.

아무리 오래 산다고 해도 100세 인생, 잠시 왔다가 가는 존재라는 사실을 잊고 그저 달려가기 바쁜데, 걷

는 시간은 빽빽한 일상 속 쉬어가는 한 페이지가 되어
줍니다. 이렇게 주변을 둘러보며 걷고 있노라면, 인생
에서 무엇을 하거나 성취하지 않아도 괜찮다 싶습니다.

걷는 나 자신은 그 어디에도 머물지 않는 여행자 같
습니다. 걷다 보면 나 자신의 한계를 인식하게 되지요.
발을 땅에 디디고 살아가는 한 명의 인간이라는 사실
을 새삼 깨닫습니다. 이 시간은 오롯이 나만의 시간입
니다. 침묵으로 가득한 고요하고 잠잠한 시간. 누구와
함께 보폭을 맞출 필요도 없고 멋진 옷을 차려입지 않
아도 좋습니다. 같은 길을 걸어도 날씨와 풍경이 매일
매일 달라집니다. 시간을 음미하는 사람이 되어봅니다.
이 길을 가다가 다른 길로 걷고 싶으면, 처음 만난 골목
으로 걸어가면 됩니다.

상담에서도 잠을 자지 못하거나 우울한 분들에게 걷
기를 강력하게 권합니다. 하루 종일 공부에 몰입하는
수험생에게도 점심식사 후 가능한 한 주변을 걷도록
추천하지요. 햇볕을 쬐면 세로토닌 분비가 올라갑니
다. 걸으며 손과 발을 움직이는 동안, 몸의 순환작용이
활발해지며 노폐물이 배출되고 혈액순환도 빨라집니
다. 산소량이 증가하고 신경세포가 새로운 가지를 뻗

으면서 뇌 발달을 촉진하고요. 일리노이 주립대 아서 크레이머Arthur Kramer 박사는 걷기가 노인의 뇌에 미치는 영향을 15년 동안 연구했습니다. 60~80세 연령 노인을 두 집단으로 나누고 1주일에 3회, 1시간씩 6개월간 운동하게 했더니, 해마의 신경세포 수가 증가하고 고차원적인 사고와 관련된 전전두엽과 측두엽피질이 활성화되어 뇌 기능이 모두 향상되었다네요.

1년에 한 번 가는 해외여행으로 잠깐 즐기는 것이 아니라, 언제든 마음 편히 갈 수 있는 여행을 걷기로 시작할 수 있습니다. 휴가 때만 특별히 행복한 시간을 느끼는 것이 아니라 일상에서 작고 소소한 행복을 느낄 수 있죠.

고정 수입을 포기하고 상담실을 열면서, 혼자서 시작하는 일에 대한 두려움이 밀려왔습니다. 전에 근무했던 강남의 정신건강의학과처럼 자리가 좋거나 대학병원도 아니다 보니, 어떻게 내담자가 찾아올지부터 시작해 온갖 걱정근심이 밀려왔죠. 불안감에서 벗어나고자 저는 일단 걸었습니다. 화성 골목과 서울대 수목원 등 새로운 곳을 찾아다녔습니다. 상담실과 집을 오가면서 바쁘게 살아오던 자신으로부터 벗어나, 새로운 상황을 바라보면서 걷는 즐거움을 경험하니, 불안은 한층 가라앉았습니다.

쉬는 날에도 제대로 쉬지 못할 때 할 수 있는 일은 나만의 시간을 갖는 것입니다. 나라는 동반자와 함께 쉬고 나를 위한 시간을 가질 때, 일에서 벗어날 수 있습니다. 강연을 가는 곳이 지방일 때는 굳이 유명관광지에 가지 않고, 한 번도 가보지 못한 작은 골목들을 찾아가 몇 시간씩 걷다 옵니다. 조용한 골목들을 누비면서 한가로운 기분을 느껴봅니다.

화려한 곳을 찾아 멀리 가지 않아도 걸어가면서 새롭고 낯선 풍경에 눈을 뜹니다. 일상의 작은 여행을 그렇게 시작합니다. 여행이란 익숙하지 않은 새로운 자극을 바라보는 것이기 때문이지요.

마음이 왠지 힘들 때 일단 걸어보세요. 사람들이 북적대는 유명 관광지를 찾아서 멀리 가지 않아도 됩니다. 그저 발 닿는 대로 걸어보세요. 걷다 보면 내가 모르는 내 마음의 새로운 길이 펼쳐질 테니까요.

prescription

하루 30분의 산책이

마음에 큰 여유를 줍니다.

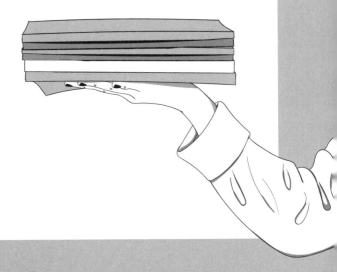

Part 5

[금요일]

나는 누구이고 내 재능은 무엇일까요?

- 이직, 퇴사… 끝나지 않는 진로 고민

金 ——————————————————————

다재다능하지만
한 우물을 파지 못합니다

주희 씨는 회사를 그만두었습니다. 전에 하던 일은 절대로 다시는 하고 싶지 않다고 했습니다. 이직만 벌써 네 번째였습니다. 영어를 좋아해서 영어 성적이 높았기 때문에, 영문학과를 나와 영어 관련 교육회사에 근무했죠. 교육에는 관심이 있었지만 사무 업무는 지루했고, 결국 회사를 그만두었습니다. 퇴사 후 글 쓰는 사람이라는 새로운 꿈을 꾸기 시작했습니다. 작가가 되기에는 시간이 오래 걸릴 것 같아서, 관심을 갖고 지켜보던 여성지 기자가 되고 싶었습니다. 인턴 기간을 마치고 비정규직으로 일했지만, 낮은 월급과 고용 불안정성으로 인해 그 일도 그만두었습니다. 청소년 문제에 관심이 높았던 기억이나, 교육 관련 공공기관에서 계약직 사원을 모집하는 공고를 보고 지원했습니다. 하지만 계약 기간이 끝난 뒤에는 사업비 지원이 넉넉하지 않아 재계약이 되지 않았습니다. 재차 자리를 알아보던 그녀는 의미 있는 일을 하고 싶다고 생각했고 비영리 민간단체에서 강의, 프로그램 기획, 사무 관련 일을 했습니다. 마지막이라고 생각하고 근무했으나 일이 반복되면서 지루해졌죠. 상담 공부를 다시 하고 싶었고 그래서 회사를 그만두었습니다.

직업을 자주 바꾸는 사람들

이 일이 아닌 것 같아서 그만두고 또 다른 직업을 찾아갔으나 맞지 않아서 그만두기를 반복했죠. 주희 씨처럼 직업을 여러 번 바꾸는 사람들을 자주 만납니다. 관심사도 넓고 새로운 직업에 도전하는 데 두려움은 없는데, 포기하는 게 문제입니다. 주희 씨의 부모님은 끈기가 없다, 제대로 밥벌이는 해야 하는 것 아니냐, 다른 친구들은 이제 대기업 과장인데 뭐하는 거냐며 야단쳤습니다. 주희 씨는 영어회화, 글쓰기, 강연, 프로그램 기획 등 여러 분야에 다재다능합니다. 하고 싶은 것도 알고 싶은 것도 많은 사람입니다. 그런 주희 씨였지만 먹고사는 일 하나 정해지지 않았고, 딱히 한 분야에 전문성을 갖추지 못했다는 부담감만 커져갔습니다.

주희 씨는 초보가 되기를 두려워하지 않았습니다. 천직이란 개념에 집착하지도 않았고요. 주희 씨에게 인생은 모험이고 직접 해보지 않으면 모르는 일투성이였기 때문입니다. 사회의 틀에서 벗어난 무중력 세상에 둥둥 떠다니는 것 같았죠. 여러 시도를 통해서 나를 찾아가는 과정, 그 혼돈의 시기가 누구에게나 필요하고, 결국은 실행해보지 않으면 알 수 없단 것도 맞지만 혹자는 주희 씨를 보고 끈기가 부족하다고 말할 수도 있겠죠.

주희 씨의 삶이 제 삶과 비슷했기 때문인지, 그 괴로움이 이해가 되었습니다. 청년 시절 이런저런 시도를 많이 하면서 현실에 정착하지 못해, 세상에서 루저가 된 듯해 힘들어 했던 할 적도 있었습니다. 한때는 저도 사회 부적응자라고 생각할 정도로, 무엇 하나 이루지 못한 저 자신이 답답했고 화가 났습니다.

어렸을 때는 르네상스 시대의 레오나르도 다빈치처

럼 살고 싶었습니다. 회화, 조각, 해부학, 건축, 물리학, 수학 등 다양한 분야에 능통한 그처럼 살고 싶었죠. 그러나 천재로 태어나야만 가능하다는 사실을 어른이 되어 알았습니다. 그런 삶은 범인으로서는 불가능하다는 사실을요. 아울러 그가 완성한 작품 수가 적다는 것도 알게 되었습니다. 관심사가 넓어서 쉽게 옮겨 다녔기 때문이죠. 그와 비슷한 면이라면, 저 또한 관심사가 넓다는 점뿐이었습니다.

방황이 아니라 탐색

원하는 대로 주체적으로 살아가는 삶을 뜻하는 'N잡러'라는 신조어가 있습니다. 여러 숫자를 의미하는 'N'과 직업을 뜻하는 '잡Job'과 '사람'이라는 뜻이죠. N잡러는 하나의 직업으로 자신을 규명하기를 거부합니다.

저 또한 상담센터 대표와 작가 그리고 강연자로 일하고 있습니다. 세 가지 일을 병행하는 건 정말 힘들더군요. 쉬고 싶단 생각이 간절할 때도 있지만, 세 가지 서로 다른 일을 하면서 제 안의 욕구가 충족되는 느낌을 받습니다. 지금 하는 일 이외에 다른 재미난 일은 무엇일지 가끔 고민 중입니다. 심리학 관련 콘텐츠를 만드는 것도 의미 있다고 생각하기도 하지만, 선뜻 시작은 못하고 있습니다.

회사에서 열정과 재능을 발휘하지 못한 채 가능성이 사라져간다고 생각할 때, 적극적으로 움직여 하고 싶은 것을 찾는 N잡러는 자신의 삶에 주도권을 가질 수 있습니다.

어떤 일이 맞는지도 모르겠다면 다양한 일들을 찾아보는 과정도 필요합니다. 원데이 클래스나 아르바이트를 먼저 권유하곤 합니다. 해당 직업을 갖기만 해도 좋겠다고 생각한다면, 그저 막연한 기대를 갖고 있는 것인지도 모르니까요. 외국에는 '보케보케'라는 프로그램이 있어서, 일을 직접 해보고 결정할 수 있다고 합니다.

피자의 파이처럼 인생을 생각해보면 좋을 듯합니다. 회사 일을 하지만 가끔은 그림도 그리고 글을 쓰는 삶 말입니다. 관심 가는 일들의 파이를 점점 늘려나가는 것도 나쁘지 않습니다. 인생의 포트폴리오를 조금씩 늘려가는 것은 결국 내 몫이니까요.

prescription.

나의 인생 포트폴리오에

무엇을 채우고 싶은지 생각해보세요.

金 ───────────────────

직장인이 아니라
예술가로 살고 싶어요

"글 쓰는 사람이 되고 싶어요."

"시나리오 작가가 되고 싶어요."

"그림 그리면서 살고 싶어요."

직장 생활에 지친 분들이 추구하는 직업 가운데 예술가가 인기입니다. 자발적으로 작품을 만들고 창의적이며 생산적인 활동을 하는 이들에 대한 동경은 큰 듯해요. 사람들은 이렇듯 예술가의 빛나는 부분만을 보지만, 뒷면을 한번 살펴보겠습니다. 2016년 문화체육관광부가 전국 예술인 약 5,000명을 대상으로 설문 조

사를 실시한 결과, 전체 평균 연봉이 1,255만 원 정도
였습니다. 예술은 생산적인 가치를 곧바로 만들어내지
못하기도 합니다. 한 편집자의 강의를 들었는데, 1년에
출간되는 단행본 가운데 10% 정도가 중쇄를 찍는다고
합니다. 책을 13,000원이라고 가정하고 2,000부를 찍
고 인세 10%라고 하면, 1년 동안 대다수 작가가 260만
원도 채 벌지 못하는 셈입니다. 책 원고를 쓰는 데 들
이는 시간을 생각하면 대부분 최저시급도 못 받는 것
이죠.

예술가들의 삶

예술사를 살펴보면, 르네상스 시대 이전 예술은 종
교작품 위주였습니다. 인문주의 운동이 시작되면서 다
양한 작품이 시도되었죠. 집안이 부유하지 않다면 궁중
예술가가 되거나 귀족의 후원으로 생활하는 경우가 많
았습니다. 작품만으로 생활을 유지하는 경우는 드물었
죠. 파블로 피카소처럼 여유 있는 삶을 즐기다 간 예술
가는 소수입니다. 예술 분야에 입문했다가 초반 열악
한 환경에 좌절해서 그만둔 사람들도 많습니다.

왜 예술가로서 살아가려고 할까요? 표현하지 않으

면 견딜 수 없거나 창작 의지를 놓을 수 없어서죠. 그 일을 하지 않으면 견딜 수 없고, 좋아하는 일이기 때문일 겁니다.

먹이는 간소하게

상담실 근처 작은 서점에서 예술가 노석미 작가가 강연을 했습니다. 책을 읽으면 충분한데 군이 작가를 만나러 가야 하나 싶었는데, 그림들이 제 마음을 이끌었습니다. 〈먹이는 간소하게〉를 그리고 쓴 작가는 경기도 외곽에서 농사를 짓고, 수확한 농작물로 음식을 한다고 합니다. 음식 그림들이 단순하면서도 마음에 와닿았습니다. 작가가 기른 과일과 작물들을 사진으로 볼 수 있었습니다. 작가는 시골의 넓은 집에서 작업에 몰두하는 삶을 강연회에서 보여주었습니다. 도시의 편리함을 뒤로하고, 조금 불편하지만 시골에서 자신만의 삶을 살아간다고 합니다.

작가의 다른 책《서른 살의 집》도 읽어보았습니다. 소유가 삶의 목표가 되지 않도록, 타인의 삶을 동경하지 않고 자신의 삶에 집중해 살아가겠다는 다짐이 눈에 들어왔습니다. 그림을 걸기도 하고 문짝에 칠도 하며 삶에 만족해가는 모습을 엿볼 수 있었습니다. 예술가로 살아가기 위해 작가는 도시의 따뜻하고 편안한 집을 내려놓았습니다. 자신을 아는 것이 세상을 아는 것이며 세상을 아는 것이 자신을 아는 것이라고 붓다가 말했다지요. 작가는 자신의 삶을 아는 것이 세상을 아는 것이라고 생각한 것 같습니다.

예술가로 사는 삶의 한계

그림을 그리는 지나 씨는 우울하고 무기력하다며 상담실을 찾아왔습니다. 지나 씨는 작업실을 갖고 싶었습니다. 재미있는 그림을 그리고 하루 종일 작업실에만 있게 된다면 행복하겠다고 했죠. 퇴사하고 일러스트를 그려 납품하는 아르바이트를 구했습니다. 작업실을 꾸미고 혼자 생활하는 것은 재미있었지만, 점점 외로워졌습니다. 매달 불안정한 수입과 작업실 월세에 대한 부담도 힘겨웠습니다. 그렇게 좋아하던 그림도 더는 그릴 수 없게 되었고, 아티스트로 살아남기 위한 현실은 비루하다고 느껴졌습니다.

노석미 작가에게 혼자로서의 삶을 꾸려가고 좋아하는 그림을 그리는 것이 중요했다면, 지나 씨에게는 안정적인 월급과 타인과의 친밀감이 더 중요했던 겁니다. 결국 불안정한 수입으로 인해 밀린 월세를 감당하지 못해 작업실을 정리했고, 작가로서 성공하지 못했다는 자괴감이 밀려왔죠. 실패했다는 생각에 우울해졌습니다.

삶은 원하는 대로 흘러가지 않기도 합니다. 지나 씨는 결과를 예측하지 못하는 위험을 감수하면서 작업실을 만들고자 시도했습니다. 자신의 욕구를 존중하기에 자신만의 리듬대로 노력했습니다. 꾸준히 수익을 내거나 이익을 얻지는 못했지만, 자신에게 무엇보다 중요한 것은 함께하는 공동체였음을 알았습니다. 하고 싶은 것을 찾고 실제로 해본 것만으로도 충분히 의미가 있습니다.

성공과 실패 사이를 오가는 삶이 아니라, 원하는 것을 실천하기 위해 노력했습니다. 마음이 시도해본 일을 통해 자신을 더 깊이 알았다고 생각하면 됩니다.

실패할 권리

가수 양준일 씨가 했던 말, 앨범이 실패했지만 실패할 권리도 있지 않냐는 말이 와닿았습니다. 지나 씨의 삶도 실패라기보다는 해보았다는 데 더 큰 의미가 있습니다. 지나 씨는 안정, 협력, 공동체가 중요한 사람이었다는 것을 이번 실패로 알았고, 그래서 다시 회사에 들어갔지요. 적은 월급이지만 함께할 수 있는 사람들이 있다는 사실에 평온함을 느낀다고 했습니다. 추후 작품을 기획하고 준비해서 펀딩도 해보기로 했죠.

누구에게나 자기만의 길과 자기만의 집이 있습니다. 그 집에 무엇을 담을지는 자신이 선택해야 합니다. 불안감이 힘들다면 안정을 담고, 자유가 중요하다면 안정을 버려야 할지도 모릅니다. 모두 다 선택하고 모두 다 가질 수는 없습니다. 인생 길이 바로 열릴 때도 있지지만, 그런 길들을 쉽게 만나지 못할 수도 있습니다. 지나 씨가 자신의 일을 시도한 것, 좌절하고 돌아간 경험만으로도 새로운 삶에 도움이 될 것입니다.

prescription.

자신의 컵에 무엇을 담을지는
자신이 선택해야 합니다.

金 ————————————

지금 일에는 답이
없는 것 같아 초조해요

"힘든 이야기를 들으면 힘들지 않아요?"

상담사라는 제 직업을 외부에 알리지 않는 이유는, 이런 질문을 수없이 듣기 때문입니다. 전에 상담사와 관계가 나빴다거나, 자신의 마음을 들여다볼까 봐 두려워하는 이들은 적대적인 반응을 보이기도 합니다. 상담실 밖에서 상담 관련 질문을 하는 이들은 대부분 어떤 해답을 원하거나 특정한 사람 때문에 힘들다고 하소연하더라고요. 저는 일상에서 만나는 상담에 대한 이런 오해가 더 힘듭니다.

가끔은 자신도 상담 공부를 했다거나, 다른 사람 이 야기를 듣고 돈을 버는 일이 좋아 보인다는 사람도 있 습니다. 미래 유망직종이라고 부러워하기도 합니다. 사 실인지는 모르겠습니다. 한 학기 동기만 100명이 넘는 대학원에 다니는 이도 만났는데, 매년 배출되는 인력 은 수없이 많겠죠. 어떤 일에 대해 특별히 다른 장점이 있을 거라고 믿는다면, 실제로 경험해보면 좀 힘들 수 도 있습니다.

다닐 수 있는 직장은 한계가 있기에, 타인의 직업에 대해 막연히 기대하거나 부정적인 편견을 가질 수 있 습니다. 제가 만난 직장인들 모두 힘들지만 최선을 다 해서 살아간다는 사실을 확인하곤 합니다.

직업흥미검사

삶에는 고난과 함께 즐거움과 보람도 있는 법이죠. 초콜릿이 달고도 또 쓴 것처럼, 직업도 삶도 비슷한 것 같습니다. 일은 힘들지만 달콤하기도 합니다. 지금 일 에 답이 없는 것 같다는 생각이 들 때가 있죠. 그래서 천직을 찾아달라고 오는 분들이 있습니다. 딱 맞는 직 업을 진로검사를 통해 찾으려 하죠.

그럴 때 홀랜드 검사(직업흥미검사)를 실시합니다. 홀랜드는 현실적, 탐구적, 예술적, 사회적, 기업적, 관습적이라는 여섯 가지 성격유형과 직업 환경으로 사람을 구분할 수 있다고 합니다. 재능과 성격에 맞는 환경을 탐색해 나가는 과정 가운데 적성에 맞는 일을 찾는다고 하죠. 현실형 Realistic Type은 기계 관련 일이나 질서정연한 일을 선호하고, 탐구형 Investigative Type은 자연과학적인 과정을 거쳐 문제를 분석하고 관찰하는 일을 선호하며, 예술형 Artistic Type은 창의적이고 예술적인 직감이 필요한 일을 선호하고, 사회형 Social Type은 사람과의 관계를 중시하며, 기업형 Enterprising Type은 기업가형으로 목표지향적인 활동을 선호하며, 관습형 Conventional Type은 전통적이고 안정적인 일을 선호합니다.

또한 16개 유형인 MBTI와 같은 성향 검사를 통해 성향을 찾아보기도 합니다. 모든 사람을 16개 유형으로 정확히 나눌 수는 없겠지만, 자신에 대해서 조금이라도 들여다보고 알아보는 과정이 될 수 있겠죠.

검사 결과 나의 현실과는 맞지 않은, 실현 가능성이 적은 직업이 나오기도 합니다. 예를 들어 관심 있는 직업과 관련해 검사한 결과 소설가가 적합 직업이라고

174

했는데, 지능검사 결과 학업 능력도 부족하고 어휘 능력은 겨우 평균을 따라간다면 글쓰기는 힘들겠죠. 지필검사의 경우 무의식 중에 자신이 원하는 방향으로 선택하는 경우도 많습니다. 물론 특별한 재능을 갖고 있지 않는 한, 대다수 사람들의 인지능력은 평균이기에 꾸준히 노력해야겠죠.

나의 재능은 어디에 있나요?

김연수 작가의 《소설가의 일》에는 소설가가 되려면 재능에 대해서는 그만 언급하고 소설 기계가 되어 글을 쓰라는 말이 있습니다. 저 또한 책을 내고 나서 저도 모르는 재능을 발견했습니다. 학창 시절에 글짓기 상을 받았던 것 말고는, 글 쓰는 재능에 대해 말해준 사람은 전혀 없었습니다. 가끔 처음 만나는 사람이 작가냐고 물어보기도 했지만, 제가 쓰는 글이라곤 종합 심리 보고서가 전부였습니다. 대부분 일은 직접 해보지 않으면 나의 길인지 알 수 없지요. 그 직업이 맞을지는, 먼저 시작해봐야만 알 수 있습니다.

천직은 보상이 목적이 아니라, 일 자체에서 흥미를 얻을 수 있고, 소명 있는 일을 의미한다고 합니다. 지

금 하는 일이 원하는 일이 아니라면 새로운 일을 찾고
자 하겠죠. 어딘가 다른 곳에서 더 나은 즐거움을 얻으
리라는 믿음이 있으니까요. 천직을 찾아보려면 나만의
특별한 재능은 무엇일지부터 고민해봐야겠지요. 그러
다 보면 정말로 맞는 일을 언젠가 찾을 수 있을지도 모
릅니다.

나만의 프로젝트

해보고 싶은 일이 있다면 시도해보고 점검하고 확인
해보는 과정이 가장 필요합니다. 하고 싶은 일 리스트
를 쭉 적어보면서 다양한 강좌나 클래스에 참가해봐도
좋겠고요. 단번에 다음 행로로 가기 전 시도해보는 것
으로도 충분합니다. 물론 현재 일이 맞지 않다고 해서,
단번에 옮기면 위험합니다.

나에게 꼭 맞는 직업은 이런저런 다양한 경험에 현
실적으로 부딪혀보지 않으면 만날 수 없습니다. 저도
어릴 적 꿈은 레오나르도 다빈치처럼 다양하게 일하는
사람이었습니다. 그러려면 천재성 한 줌 정도는 있어
야 하는데, 천재와는 거리가 멀다는 안타까운 현실을
깨달았죠. 해보고 싶은 게 많아서 VMD, 영어 과외, 그

래픽디자인도 해보고 연극, 댄스, 드로잉 전시를 해보기도 했습니다. 한 가지 일을 오랫동안 하는 지루함을 견딜 힘이 없었는지도 모릅니다.

여러 직업을 경험하고 시도해본 뒤에야 비로소 제가 좋아하는 것을 알았습니다. 우여곡절 끝에 상담 대학원에 가고 17년 동안 상담사로 활동하면서 상담으로 밥벌이를 하고, 작가로 약간의 인세를 받으며 가끔 강연을 합니다. 직업을 바꾸면서 다시 막내가 되기도 했지만, 해보지 않고 후회하는 것보다는 낫다고 생각합니다. 어떤 이들은 경험한 뒤 갈 길이 아니라고 판단하고 바로 접고 다른 일을 찾기도 합니다. 이 과정은 결코 무의미하지 않습니다.

천직이라는 개념에 매여 그 어떤 일도 무시하지는 말았으면 합니다. 인생은 도전의 연속이고, 해보지 않으면 모릅니다. 20대를 거치며 그렇게 많은 실험을 하는 동안, 패배자가 된 듯해 힘들었던 적도 많았지요. 사회의 틀에서 약간 벗어난 사람에 대해 우리 사회는 관대하지 않기 때문입니다. 그럼에도 불구하고 도전을 통해 진정한 나를 찾아가는 용기가 필요합니다. 결국 해보지 않으면 알 수 없습니다.

prescription.

변치 않는 호기심이 우리에게

가장 필요한 기회를 가져다주기도 합니다.

金 ————————————————

자격증도 많은데
일 구하기는 왜 점점
힘들어질까요?

NGO 분야로 진출하고자 늦은 나이에 인턴 과정을 밟고 정직원이 되려고 노력했던 혜인 씨. 그녀는 뜻대로 할 수 없는 현실에 점점 지쳐갔습니다. 하던 일을 그만두고 다시 쉬는데 연락을 받았습니다. 3개월간 자리가 비는데 일해줄 수 있겠냐고요. NGO 분야는 아니었지만 전에 관심이 있어 지원한 적이 있었고, 3개월이지만 해보기로 했습니다. 생소한 일이라 어렵겠지만 그 시간 동안은 열심히 해보겠다고요. 이후 회사에서는 3개월간 열심히 일한 혜인 씨에게 정직원으로 일해달라고 요청했습니다. 결국 그렇게 해서 혜인 씨는 원하던 분야에서 일하게 되었죠.

일에 대한 자세

성실한 사람에게는 정말로 기회가 온다는 걸 여러 번 보았습니다. 한 목사님은 이렇게 말씀하셨습니다. 취업이 힘들면 교회에 와서 청소라도 하라고요. 성실한 사람이라면 그러다 바로 소개로도 이어진다고 하셨죠. 교회에는 '취준생'들이 많았습니다. 취업을 했으나 생각과 달라서 그만둔 경우도 있었고, 상사와의 갈등으로 그만둔 이도 있었죠. 교회는 할 일도 많고 봉사할 일도 많은 곳이라, 청년들이 성실하게 일하는 모습이 좋아 보인다며 교회 멘토들이 회사로 부르는 경우도 종종 있는 모양입니다.

성실한 이들이 취업에 성공하는 경우를 진로상담 과정에서도 자주 봅니다. 희주 씨는 자신이 무슨 일을 원하는지 모르겠다며, 이런저런 자격증도 획득하고 아르바이트도 전전했지만 일 구하기가 힘들다고 했습니다. 그럼에도 꾸준히 원하던 자격증 관련해 좀 더 전문적으로 배워보겠다고 했지요. 그러다 한 달간 클래스를 들었는데, 분점을 내는데 같이 일해볼 생각이 없느

냐고 담당 선생님이 물어왔다고 합니다. 물론 수습 기
간이 필요하고 높은 월급은 아니지만 일하기로 했습니
다. 최저 시급을 받으면서 일한다고 해도 원하는 일을
찾았다는 것만으로도 만족할 수 있었죠. 직접 일하면
서 배우니만큼 더 많이 배울 수 있을 테니까요.

운을 모으는 일의 자세

처음부터 진로가 확실히 잡히는 경우는 없겠지요.
좌충우돌 힘들어하면서 찾아가는 시간들이 필요하더
라고요. 그 길 가운데 잠시 맡긴 일에 최선을 다하는 사
람에게 기회가 주어지는 게 사실입니다. 드라마로도
상영된 만화 《중쇄를 찍자!》에서 청년은 노인에게서
'좋은 일을 하면 운이 모이고, 나쁜 일을 하면 운이 줄
어든다'라는 말을 듣습니다. 어디서 이기고 싶은지 어
떤 사람이 될지 잘 고민하라는 의미였지요. 청년은 그
뒤 어디서 운을 모을지 결정하고 출판사 사장이 되어
직원들에게 같은 말을 전합니다. 또 다른 만화 〈슬램덩
크〉에서 안 감독님이 "포기하는 그 순간이 바로 시합
종료예요"라고 말하는 장면은 제 마음에 깊이 새긴 또
다른 에피소드였습니다. 작은 일이 하나하나 모여 운

을 쌓는다고 생각한다면, 작은 일 하나도 소중하게, 성실하게 할 수 있겠죠. 하루하루의 삶에 무엇을 쌓아가고 있는지 돌아봐야 할 필요를 느꼈습니다.

좌충우돌하는 지금 이 일이 어떤 길로 이어질지 모르지만, 한 걸음 한 걸음 가봐야 합니다. 처음부터 꼭 맞는 일을 찾는 사람은 적습니다. 여러 방면의 일들을 경험하면서 찾아나가야 해요. 처음부터 누구에게나 맞는 일이 정해져 있다면 그 인생은 또 얼마나 재미없을까요? 좋아하는 일을 찾았다고 해도 인생이 계속 만족스럽지는 않을 거예요.

맞지 않는 일을 그만두고 내 삶의 본질과 목적에 맞는 일을 찾아가려면 시간이 걸립니다. 하지만 지금 당장 하고 있는 일에 대한 태도를 바꾸면, 어떤 곳에서도 자신만의 일을 찾아갈 수 있습니다. 지금 만족스럽지 못한 회사에 다니고 있다 해도, 어쩌면 그 회사의 상사를 통해 내게 정말 맞는 일을 배우고, 찾을 수도 있으니까요. 물론 아무리 최선을 다해도 길이 쉽게 열리지 않을 수도 있습니다. 계속해서 실패할 수도 있고요. 하지만 그런 과정 가운데에서도 일에 대한 태도는 스스로 결정해야겠지요. 일에 대한 태도만 바로잡혀 있다면 원하던 일은 곧 내 일이 될 수 있습니다.

prescription.

처음부터 '내 일'이 정해져 있다면

인생은 지루해질지도 모릅니다.

金 ─────────────────────────────

원하던 일을 하는데
괜히 남들의 눈치가 보여요

대학 시절 카페에서 일하면서 차별 대우를 처음 경험했습니다. 서비스 직종에서 일해보고 싶어 시작했는데, 대학생일 때와 카페 아르바이트생일 때 사람들이 저를 대하는 태도가 달라져 깜짝 놀랐습니다.

직업에 따라 처우가 달라지기 때문에, '블루칼라'인 부모일수록 자녀를 '화이트칼라'로 만들고 싶어 합니다. 타인의 차별로 인한 힘겨운 경험에 대해 쓸쓸함이 남아 있기 때문이지요. 놀이 치료에 오는 아이 가운데 공부에는 재능이 없지만 무언가를 만드는 데 뛰어난 능력을 지닌 아이가 있었

습니다. 목공일에도 관심을 보이기에, 나중에 이쪽 분야 일

을 하는 걸 생각해본 적 없냐고 물었더니, 사무실에서 일하

고 싶다고 대답하더라고요. 부모님이 몸 쓰는 일은 하지 말

라고, 시원한 에어컨이 잘 돌아가는 사무실에서 일하라고

했다는 말과 함께요.

직업에 대한 차별

《저, 청소일 하는데요》의 저자는 디자이너로 근무
하다가 정신적으로 힘들어 회사를 그만둔 뒤, 이후 재
취업이 힘들어지자 낮에는 청소부, 밤에는 디자이너로
활동합니다. 디자이너와 청소일이 얼핏 어울리지 않는
듯하지만, 하고 싶은 일을 보다 자유로이 하기 위해 아
르바이트를 병행하는 프리랜서들이 꽤 많습니다.

디자이너라는 직업은 화려해 보이지만, 제대로 된
대가를 지불하지 않는 작업을 하는 경우도 많고, 지불
도 차일피일 미뤄질 때도 많다고 합니다. 프리랜서 창
작자라면 필수로 경험하게 되는 이런 불이익에도 회사
다니기를 거부하고 예술가로서 창작의 길을 걷는 이들
도 많죠. 늘 부모님 도움만 받을 수도 없기에, 원하는
일을 위해 청소일을 하면서 그림을 그려가는 저자의

선택 또한 또 다른 삶의 방향이겠죠.

'서울 일러스트 아트페어'에 들렀는데, 1,100명에 달하는 창작자들이 작품을 소개하고 전시하고 작품을 활용한 굿즈를 판매하고 있었습니다. 돌아보다가 친분 있는 작가를 만나 달력을 구매하고 상담실에 걸어두었죠. 저는 좋아하는 작은 작품들로 상담실을 채워가면서 예술작품의 따뜻함을 느끼곤 합니다.

상담을 하면서 예술가들을 많이 만났습니다. 그림이나 웹툰을 그리고, 시나리오를 쓰거나 작가를 꿈꾸며 글을 쓰고, 플로리스트로 일하고, 예술치료를 하고, 컴퓨터그래픽을 하고, 사진을 찍고 악기를 다루는 분들입니다. 이렇게 다양한 분야에서 창작활동을 펼치고 있는 사람들이 많은데도, 내담자 가운데 예술적인 능력을 시장에서 발휘하지 못하는 경우도 자주 봅니다. 예술을 하면서 먹고살기는 어려워, 중간에 그만두기도 하고 오랜 기간 포기하고 살다가 다시 시작하기도 하고요.

창작의 고통 또한 괴롭고 힘들어, 포기하고 싶은 순간이 수시로 찾아옵니다. 그러나 해보지도 않고 그만두면 계속해서 미련이 남는 법이지요. 창작자로 태어난 사람에게는 표현하지 않을 수 없는, 꿈틀대는 욕망이 숨어 있습니다. 언젠가는 드러나야 하는 욕망이지요. 하지만 작가 생활을 유지하기도 쉽지는 않습니다. 자신보다 뛰어나 보이는 사람들을 보면 의기소침해지기도 하고, SNS에 글을 올렸는데 반응이 없어 울적해진다는 이들에게 저는 그래도 계속하라고 합니다.

아티스트들은 남보다 더 예민할 수도 있고, 창작을 하면서 많은 실패를 겪었을지도 모릅니다. 대인관계에 서툴지도 모르고 어쩌면 평범에서 조금 벗어난 삶을 살아갈지도 모르겠습니다. 그러나 자기 안에 숨겨진 재능을 포기하지 말길 바라요. 창의성을 포기하지도 말고요. 저 또한 그림도 다시 그려보고 싶지만 제 실력을 남과 비교하다가 그만두고 말았죠. 하지만 지금이라도 소소하게 다시 시작하고 싶습니다. 예술가는 세상에 다양한 기쁨을 주는 존재라고 생각하니까요.

좋아하는 일을 단번에 직업으로 갖기는 어려울 수 있습니다. 고갱도 그림을 그리기 전 은행원으로 일했어요. 곧바로 예술가의 길을 걸을 수 없다면 하루 한 장의 그림, 하루 한 장의 원고라도 꾸준히 작성해보는 과정이 필요합니다. 아울러 다양한 창작물들을 세상에

내보이는 용기도 내야 합니다.

아티스트로 밥벌이를 하면서 살기란 결코 쉽지 않지만, 경제활동을 유지하면 자존감도 유지되는 건 사실이지요. 온전히 예술로만 살기는 힘듭니다. 생계를 책임지면서 하고 싶지 않은 일을 더 많이 하게 될 수도 있고요. 누군가의 시선 때문에도 힘들 때가 있겠죠. 작가의 삶과 청소부의 삶을 함께 할 수도 있죠. 예술가로 살아가려면 다른 일을 통해 돈을 번다는 걸 부끄러워해서는 안 됩니다. 그러다가 또 그만둘지라도, 언제나 시도해보는 게 후회 없는, 더 행복한 선택이 될 것입니다.

prescription.

생계유지를 위한 일은

부끄러운 것이 아닙니다.

金 ─────────────────────────────

한 달에
얼마면 되니?

좋아하는 일에 집중하고자 만약 현재 하던 일을 그만둔다면, 최소한의 경비로 어떻게 살 수 있을지 먼저 살펴야 합니다. 새로운 일을 하기 위해 돈 관리부터 시작해야 하는 거지요.

회사를 그만두고 몇 달간 버틸 수 있을지 고민해봐야 합니다. 돈이 없으면 제때 식사를 할 수도 없고 생활도 불편하고 주거 환경도 불안해질 수 있죠. 예전처럼 원하는 대로 소비하지 못할 가능성이 높아지고요.

원하는 삶과 현실의 삶 사이에서 고민할 때, 내가 어

떻게 살아가고 있는지 돈의 흐름을 반드시 살펴야 하는 이유입니다. 최소한의 생존 유지비가 어느 정도인지, 또 진정으로 원하는 가치가 무엇인지에 대해서도 돌아봐야 하고요. 생활에 꼭 필요한 비용을 점검하고 지출을 줄여가는 방법도 고민해야 합니다. 일상에서 꼭 필요한 것이 아닌 것을 지워나가는 과정 말입니다.

돈은 삶의 궤도를 보여주기도 합니다. 원하는 것을 이루려면 현재의 모든 것을 추구하면서 살아가기 힘들 수도 있습니다. 따라서 돈을 쓰는 흐름을 점검해야 하죠. 돈과 마음은 긴밀하게 연결됩니다. 일에 대한 스트레스를 풀기 위해 유흥에 돈을 쓰는 사람도 있고 쇼핑에 돈을 쓰는 사람도 있고 문화 생활에 돈을 쓰는 사람들도 있죠.

최소한의 돈을 생각하고 살아간다는 것

최저 비용으로 살아가는 방법을 돌아보니, 제 경험이 떠오릅니다. 회사를 그만두기 전에 불필요한 소비를 줄이는 연습을 했습니다. 회사를 그만둔 뒤 상담대학원에 들어가면서 제 모든 소비 생활에서 꼭 필요한 것과 그렇지 않은 것을 분리하는 과정이 필요했지요.

돈이 없다는 게 사람을 궁핍하게 할 수도 있지만, 꿈이 더 중요했기에 상관없었습니다. 대학원 때부터 상담 관련 일을 시작했지만 초보 상담자의 상담료는 적은 게 당연했습니다. 당시 저는 좋아하던 영화도 공연도 실컷 볼 수 없었죠. 대신 갤러리를 돌아보고 학교 도서관을 이용했습니다. 외식비를 줄였고 옷은 가능한 사지 않았습니다. 여러모로 부족함을 느낀 것은 사실이었지만, 원하던 공부였기에 기꺼이 다른 소비도 줄여나갈 수 있었습니다.

충분한 소비는 어느 정도일까요? 늘 소비의 최대와 최소 사이에서 고민하게 됩니다. 욕망 소비와 필요 소비 그 사이에서 적절한 선을 찾는 게 필요합니다. 내가 원하는 자유를 위해 기꺼이 포기할 수 있는 것이죠. 지극히 개인적이고 자신만이 할 수 있는 결정이지요. 이 또한 무엇을 포기하느냐에 대한 가치관 문제입니다.

좋아하는 일을 하기 위해서 버려야 할 것, 그 가운데 포기할 수 있는 것과 포기할 수 없는 것들이 무엇인지 선택해가는 과정, 반드시 거쳐야 하는 길입니다.

지금 자신이 쓰고 있는 돈의 목록을 작성해보세요. 딱히 돈을 많이 쓴다고 생각하지 않았지만 스트레스를 해소하는 데 지출이 생기고 있지 않은지 살펴보는 것이 필요합니다. 의외로 택시비, 커피값 등 소소한 지출이 많을 수도 있습니다. 월급은 통장을 스치기만 하는 것이지요.

한 달 예산을 짜고 절약만 하라는 것이 아니라 원하는 목표를 세우고 원하는 것을 구매하고 필요한 소비를 하는 것부터 시작입니다. 상담을 하면서 불필요한 소비를 줄여나가는 분들을 보게 됩니다. 필요한 경우 소비 계획을 같이 세우기도 하지만 스트레스가 줄어드니 의미 없는 소비를 줄이고 운동을 하고 몸에 좋은 음식을 먹는 등 자신에게 꼭 필요한 소비를 하는 것입니다.

나를 위한 소비, 나에게 필요한 돈을 사용할 수만 있다면 내 삶에서 원하는 것들을 먼저 할 수 있을 것입니다.

prescription.

**원하는 것을 이루려면
내가 돈을 쓰는 패턴부터 점검하세요.**

Part 6

[토요일]

한 번 더 달릴 준비를 합니다
- 번아웃과 무기력에 시달리는 나를 달래주기

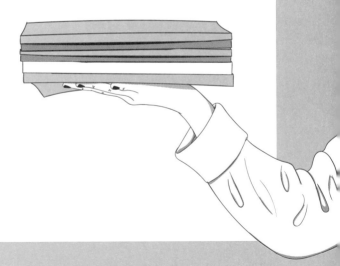

±

미친 듯이 일하고
집에 오면 누워만 있어요

미우 씨는 회사를 그만두었습니다. 전에 하던 일은 절대로 다시 하고 싶지 않다고 했죠. 왜 그 일이 하기 싫었는지 곰곰 생각해보니, 이미 모든 걸 다 바쳐 일했다는 겁니다. 그런 뒤에는 스트레스 때문에 지름신이 강림했습니다. 돈을 쓰고 나면 잠시 행복했다가 결국 번아웃이 왔습니다.

직장에서는 그녀를 좋아했습니다. 맡긴 일은 밤을 새워서라도 척척 해내는 미우 씨였으니까요. 일 잘하는 사람이라는 칭찬을 듣다 보니 기분은 좋았지만, 그렇게 일이 넌이 지나고 나니 체력이 금세 소진되었습니다. 그래서 이 일이 아닌 것 같다는 마음에 그만두고 또 다른 직업을 찾아서 갔으나, 역시 맞지 않아 그만두기를 반복했습니다. 지금 이곳만 아니면 괜찮아질 것 같았지만, 직업을 바꾼다고 해서 달라지는 것은 없었습니다. 이야기하다 보니 미우 씨에게 직업이 맞지 않는 게 아니라, 미친 듯이 달려가는 삶의 태도가 더 문제였습니다.

일하는 나 vs. 쉬는 나

미우 씨에게는 두 삶이 존재했습니다. 직장에서 열정을 다해 활활 불타오르는 삶과 집에 오면 소진되어 누워 있는 삶이었습니다. 미우 씨는 타인의 인정에 목이 말라 최선을 다해서 뛰어갔죠. 막연하고 불안하지만 어떤 새로움을 위해서 달려가는 것만이 자신의 존재감을 확인시켜주었기 때문입니다. 미우 씨에게는 실패하더라도 두려워하지 않고 달려가는 장점이 있었습니다. 그 뒤에는 성취가 따랐고요. 그런데 어느 순간부터, 좋아하고 잘하는 것이라고 생각해서 나아갔는데 싫어하는 일이 되어버렸습니다. 방향성 없이 그저 열심히 내달리는 인생에 대해 고민이 깊어졌죠.

인생에는 숨쉬기 운동과 멍 때리기도 필요합니다.

삶에는 회복의 시간들이 필요하기 때문입니다. 빽빽하게 물건들로 가득 찬 방에 들어가고 싶지 않고, 여백 없는 문장이 계속되는 글은 읽고 싶지 않은 것처럼요. 쉼과 여백이 없다면, 우리는 기계처럼 똑같은 일들을 반복하는 삶을 살 뿐입니다.

미우 씨가 좋아하는 단어를 같이 찾아보았습니다. 그 단어는 '힐링'이었습니다. 그러나 힐링을 할 수 없는 이유가 있었습니다. 다른 사람에게 사랑받고 싶다는 욕구 때문이었죠. 인정, 사랑이라는 갈망 때문에 그 어떤 일도 편하게 할 수 없었던 것입니다.

미우 씨의 어린 시절을 탐색해보았습니다. 미우 씨는 늘 우울해하는 엄마에게 제대로 인정받아 본 적이 없었습니다. 몸이 아픈 엄마는 미우 씨에게 요구 사항이 많았습니다. 일을 마치고 오면 청소를 제대로 해놓지 않았다고 야단만 맞았죠. 미우 씨가 해야 할 일들은 많았고, 그 많은 일을 요구하는 엄마의 기준에 맞추어 살다 보니 계속해서 해야 할 일이 늘어나는 것만 같았습니다. 하지만 미우 씨에게는 타인의 요구사항을 거절할 만한 힘이 없었던 것입니다. 주눅 들어 있던 미우 씨는 누군가에게 인정받을 수만 있다면 몸이 아파도 견뎌냈습니다. 인정받는 게 가장 중요하다 보니, 남의 인정을 받기 위해 들어오는 일은 모두 하고야 마는 데서 어려움이 생기기 시작한 겁니다.

미우 씨가 거쳐 간 일들은 많았습니다. 졸업하고 잡지사에서 인턴으로 열심히 일했지만, 글을 써서 먹고사는 게 녹록지 않단 걸 뒤늦게 깨달았죠. 기자라는 직함이 언뜻 매력적이라, 잘할 수 있을 거라고 또 잘하고 싶다고 생각했지만 제대로 되지 않았습니다.

인생은 목적지가 불분명할 때가 많죠. 가다 보면 목적지가 바뀌기도 하고요. 이런저런 일을 해봐야 알 수 있으니, 막연히 가만히 있지만은 않았다는 건 그녀의 큰 장점입니다.

상담의 핵심은 질문이라고 생각합니다. 미우 씨에겐 스스로 질문하는 시간이 필요했습니다. 미우 씨가 좋아하는 단어인 힐링과 관련된 단어들을 자세히 탐색해갔습니다. 숲, 자연, 휴식 등의 키워드가 쏟아져 나왔습니다. 미우 씨는 원예치료사 자격증을 따기로 결심했습니다. 미우 씨에게 누구보다 성실하다는 장점이 있었죠. 싫은 일도 해보면서 그 일이 본인에게 맞는지 꾸준히 알아보기 시작했고요. 타인의 평가나 판단이 아닌, 스스로 즐거운 일인지 점검해보자고 했습니다.

원예치료사 자격증을 딴다고 해서 모든 게 해결되는 것은 아니었습니다. 미우 씨는 꽃을 다루는 게 좋긴 했지만, 기획이 더 재미있었습니다. 놀이가 일이 될 수 있어야 한다는 게 그때 미우 씨에게 가장 중요한 부분이었습니다.

저는 미우 씨에게 일이 없는 날은 자고 싶으면 자고, 쉬고 싶으면 쉬라고 했습니다. 인정받기 위해 더 열심히 하라는 채찍질은 잠시 그만두고요. 아무리 바쁘고 지치더라도 주어진 오늘 하루를 어떻게 살아가느냐에 따라 그녀의 삶이 달라질 수 있으리라 판단했습니다.

좋아하는 것을 좇아 살아가기로 한 미우 씨에게 운이 따르기 시작했습니다. 우연히 수강한 플로리스트 수업에서 아르바이트를 해달라는 제안을 받았지요. 아르바이트라 시급이 높지는 않지만 스스로 좋아하는 일을 시작한다는 장점이 있었습니다. 내가 나 자신이 되어가는 것. 일이 놀이가 되는 삶이 되어간다는 것. 그래서 미우 씨는 그 일을 꼭 해보고 싶었습니다. 원데이 클래스 같은 프로그램 기획도 시작했습니다. 예전에 기획 관련 일을 했기에 적절한 커리큘럼을 짜는 것도 잘

해냈습니다. 좋아하는 일을 하면서 미우 씨는 표정이 달라졌습니다.

이제 미우 씨에게는 불필요한 조급함을 버린 사람만이 가질 수 있는 여유가 생겼습니다. 타인의 인정만을 위해 목적도 없이 뛰어가던 미우 씨는 이제 멈춰 서서, 자신에게 관심을 갖기 시작했습니다. 자신이 원하는 것과 타인이 원하는 것 사이에서 고민했지만 결국 스스로 원하는 것을 선택하는 삶을 살기로 했습니다. 가끔은 적당히 게으름을 피우기도 하고 남이 원하는 것만 따라가지 않는 삶을 선택한 것입니다.

정말로 회사가 나를 지치게 만드는지, 아니면 나 자신이 내 삶을 힘들게 만드는 선택을 하고 있는 것인지, 잠시 숨을 돌리고 번아웃의 원인을 다시 돌아보세요.

prescription.

불필요한 조급함과 과도한 인정 욕구에서 벗어나 자신에게 더 관심을 기울여보세요.

土 —————————————————————

혼자 있고만
싶습니다

지영 씨는 대학을 졸업하고 회사에 가면서 이해할 수 없는 일들을 경험했습니다. 회식에서 왜 상사의 비위를 맞춰야 하는지도 알 수 없었고, 사수는 왜 그렇게 잘난 척을 하는지. 회사가 아니라 지옥이라는 생각이 들었습니다. 부조리한 일들은 왜 또 그렇게 많을까요. 지영 씨 이야기를 들으며 제 사회 초년생 시절이 떠올랐습니다. 아무리 시대가 바뀌어도 회사에는 여전히 불합리한 일들이 많더라고요. 저 또한 어디로 가야 할지 몰라서 헤매기도 했고 회사만 아니라면 좋겠다고 생각한 적도 많았습니다.

혼자만의 시간이 필요한 이유

《호밀밭의 파수꾼》은 그런 방황하는 고민과 마음들을 잘 담아낸 작품입니다. 홀든은 시험에 낙제해서 퇴학당합니다. 세상의 부조리함에 화가 나고 부조리한 어른들 세상에 불만을 갖게 되지요. 집을 떠나려고 했지만 그럴 수도 없었습니다.

홀든처럼 세상에 적응하기 힘들 수도 있습니다. 힘든 시간들을 겪어내야 할 때는 세상에 대한 분노도 더 크게 일어나고, 타인과 적절하게 맞춰가는 자체가 힘겨워집니다. 또래 사람들과 같은 문화를 경험했는데, 사회에 나오면 갑작스럽게 다양한 나이의 이해할 수 없는 사람들과도 함께해야 합니다. 꼰대 같은 사수, 열심히 일하는데도 계속해서 지적하는 이들, 답답하기 짝이 없는 상사, 일을 잘하는 것 같지도 않고 열심히 하는 것 같지도 않은데 승진은 빠른 사람들. 예상과는 다른 논리를 벗어난 사람들을 만나면서 점점 에너지가 소진됩니다.

"아, 힘들다!"

학교에서는 공부를 하고 모임을 하면서 늘 성장하는 기분이었는데, 직장에서는 그런 마음도 느껴지지 않습니다. 매번 같은 일들을 반복하면서 즐겁지도 않은 하루하루만 반복됩니다.

이럴 때는 혼자 있고 싶어지지요. 《호밀밭의 파수꾼》의 작가 J. D. 샐린저도 외부와 단절된 삶을 살았다고 합니다. 타락한 어른들 세계에서 벗어나 이상적인 삶을 살아가고 싶습니다. 하지만 비단 사회초년생만 그 시기를 힘들다고 느끼지는 않습니다. 부조리한 일들, 부당한 일들이 그때에만 나타나지는 않으니까요. 받아들일 수 없는 사람들, 이해할 수 없는 상황은 언제 어디에서나 수시로 마주치게 됩니다. 그럴 때 떠나고 싶다는 생각을 하기도 하죠.

어느 곳에도 속하지 않는 기분이 들어 방황하고 있지는 않나요? 나만 경계선에 서 있는 것 같고, 다른 사람들은 세상에 속해서 열심히 잘만 살아가는 듯한 기분이 들고요. 네 편과 내 편, 어른들 세상과 아이들 세상, 속물과 순수함. 부조리한 사람들, 내 가치와 다른 이들과도 함께하는 것이 세상입니다. 이런 세상을 등지고 사라지고 싶고 숨고 싶어질 때가 있습니다. 이곳만 벗어나면 달라질 것 같고요.

너무 힘들 때면 잠시 쉬어가는 게 좋습니다. 사람들

에 지칠 때 혼자 있고 싶은 마음이 드는 건 당연합니다. 잠시 혼자인 날들이 필요할 때도 있습니다. 혼자일 때, 그리고 타인과 함께하는 때가 공존할 때 우리는 성장할 수 있으니까요. 내가 원하는 삶과 세상에서 내게 원하는 삶을 함께하는 것입니다. 이 과정을 우리는 사회화라 말할 수 있을 겁니다. 이때 성장통은 반드시 따라오는 것입니다.

세상에 나를 맞추어나간다는 게 곧 나를 버리는 것만은 아닙니다. 이 시기에 실패가 두려워 집으로 숨어버리는 이들도 있습니다. 학교를 졸업하고 사회로 나가는 게 두려워 집으로 숨어버리거나, 직장 생활에 지쳐 은둔하기도 하고요. 문제는 집이라는 그 공간에서도 자유로운 게 아니라 나 자신을 가둬버린다는 셈이라는 것입니다. 나를 지키기 위해서 타인과 소통하는 통로를 닫아버리는 셈이니까요. 혼자만의 삶을 유지한다 해도 타인과의 삶의 통로가 필요합니다.

회사의 가치관을 모두 따라갈 수는 없습니다. 그래야 할 이유도 없고요. 어느 정도 보폭을 맞출 수 있을 만큼만 따라가고 그 정도를 넘어서면 나만의 템포를 가지고 걸어가는 게 중요합니다. 회사를 포기한다고 해서 실패자는 아니라는 사실을 유념해주기를 부탁합니다. 회사를 포기한다고 해도 또 다른 세상에서 또 다른 일을 하는 사람들과 함께 살아가야 하니까요.

신화의 주인공들은 고향을 떠납니다. 괴물을 만날 때도 있고 사기꾼을 만날 때도 있습니다. 언제나 알 수 없는 이들을 만나게 됩니다. 이렇듯, 우리에게도 안정적이고 편안한 지대를 벗어나야만 하는 순간들이 있습니다. 이때, 누구나 변화를 두려워하기에 불안해할 수도 있겠지요. 하지만 두려움 때문에 움츠러든다면 새로운 세상을 만나기는 어렵습니다. 안전지대를 벗어나 그다음 길을 향한 한걸음을 내딛는 용기를 낼 때, 그제야 길은 새로운 문을 열어줄 테니까요.

prescription.

타인과 부딪히며, 새로운 세상을 만나며
우리는 성장합니다.

±

나를 지키며 살고 싶은데
방법을 모르겠어요

다미 씨는 성공적인 커리어를 꾸려가고 있었습니다. 첫 직장에서 맡은 사무관리직 업무가 맞지 않아 회사를 다니는 틈틈이 공부를 하며 이직을 준비했고, 원하던 마케팅회사로 옮길 수 있었습니다. 그곳에서 실력을 인정받은 다미 씨는 일에 점점 몰두했습니다. 밤샘 작업도 마다하지 않았고, 회사에서 임원까지 되었습니다.

그러던 어느 날 다미 씨는 몸이 아파왔습니다. 주말까지 일정을 빡빡하게 세우고 움직였는데, 어느 순간부터 주말에는 잠만 잘 수밖에 없었죠. 달리 일정이 없는 나날엔 공허

하고 외롭기까지 했습니다. 아무것도 하지 않는 자신을 생각해본 적이 없기에 허무감을 느꼈습니다. 속도를 높여 달리는 데 익숙했고 결과도 원하는 대로 나왔지만 속상했지요. 스트레스를 받을 때마다 쇼핑을 하다 보니 모인 돈도 예상보다 적었고, 친구들과의 관계도 멀어진 것 같아 마음이 헛헛했습니다.

일은 다미 씨 그 자체였습니다. 일로 인정받고 일만을 열심히 하고 달려나가기 바빴습니다. 일이란 인생을 잘 살아가는 방법 중 하나일 뿐인데 인생의 목적이 되어버렸으니까요. 일만 해온 인생에 남은 건 외로움뿐인 것만 같았습니다.

나에게 정말로 중요한 목표는 무엇일까요?

에너지 비축이 왜 필요할까요? 삶의 에너지는 무한하지 않습니다. 한정된 양에서 시작합니다. 한 가지 행동, 즉 일에 몰두하다 보면 다른 곳에 삶의 에너지를 사용할 수밖에 없습니다. 한정된 에너지원을 한 곳에만 쏟아붓고나면 지치고 힘들어지지요. 또 다시 에너지를 만들어낼 수 있는 곳에 적당한 에너지를 사용할 수 없으니 소진만 되고, 결국 일에 몰입할 에너지까지 저하될 수밖에 없고요. 그러니 삶에도 가끔 쉬어가는 페이지가 필요합니다. 스트레스를 받은 만큼 쉬고 충전할 시간 말이죠.

저 또한 상담사라는 직업이 제 전부가 되길 바라지 않습니다. 상담을 단 한 번도 받아본 적이 없는 이들은 상담사를 일종의 해결사, 또는 남의 고민을 듣고 싶어서 견디지 못하는 중독자로까지 생각할 때도 있습니다.

저는 제가 상담사라는 사실을 알고 난 뒤 돌아오곤 하는 '다음에 내 고민 한번 털어놔야겠네'라는 말을 좋아하지 않습니다. 타인의 이야기를 50분 동안 집중해서 단 한 번이라도 들어봤다면 그렇게 말하기 힘들겠지요. 제겐 남의 고민 듣기를 즐기는 취미는 없습니다. 상담사라고 하면 다들 이야기 듣는 것을 좋아한다고 생각하는데, 결코 즐겁거나 쉬운 일이 아닙니다. 오히려 나를 지키기 위한 보호막이 반드시 필요한 직업입니다.

무리해서 일하다가 저 또한 힘들어진 때가 있었지요. 시골 봉사를 위해 발마사지와 대체의학을 배운 적이 있었습니다. 봉사활동을 마치고 나서 돌아온 뒤 한 팀원이 너무 힘들어하길래 마사지를 해준 뒤, 저도 손목이 아파 자주 이렇게 해줄 수는 없으니 비밀로 해달

라고 부탁했지요. 하지만 그분은 다른 사람에게 제 이
야기를 했고, 마사지를 해달라며 데려왔습니다. 거절
하지 못한 저는 결국 마사지를 해주었고, 손목 인대가
끊어질 듯 아파 진통제를 먹고 나서야 잠들 수 있었습
니다. 그 뒤 의사에게 인대는 한번 문제가 생기면 계
속해서 관리하는 수밖에 없다는 진단을 받았죠. 대체
의학 관련 봉사활동을 다시는 할 수 없게 되었습니다.
이제 손목을 관리하며 글도 무리하게 쓰지 않으려고
합니다. 열심히 하다가 오히려 한계를 잃게 되었으니
까요.

　그리스신화에서 질서와 통제와 낮의 세계가 아폴론
의 세계라면, 질서가 파괴된, 자유로운 창조와 밤의 세
계가 디오니소스의 세계입니다. 빛과 어두움, 이 두 세
계는 함께 존재해야 하니까요. 자신에게 남은 모든 것
을 다 짜내어 살아갈 게 아니라, 때론 무질서 속으로 자
유로이 쉬어가는 페이지를 마련해야 합니다. 무엇이
가장 즐거운지도 찾아봐야 하고요. 미술관에 가기, 따
뜻한 욕조에서 쉬기, 그림 그리기, 글쓰기, 산책하기 등
삶에서 즐거움을 줄 요소들을 찾아가야 합니다.

　열심히 일해야 할 때도 있지만 일 말고 아무것도 남

지 않는다면 어떻게 될까요? 일이 없어지면 내 존재 자체가 사라지는 느낌이 들 것입니다. 그러나 나로서 살아가는 힘을 가질 때 진정한 내가 될 수 있습니다. 인생은 100미터 달리기가 아니라 마라톤입니다. 마라톤에서 처음부터 빨리만 달리면 금방 지쳐 결국 완주하지 못할 겁니다. 그 대신 조금 쉬었다가 가는 나만의 삶 속 루틴을 만든다면 더 잘 살아갈 수 있을 것입니다.

앤디 워홀은 작품 감상은 360도로 돌아가면서 할 수 있지만 삶은 그렇게 보지 못한다고 했습니다. 그의 말처럼 여러 방면에서 삶을 바라보는 시선이 필요합니다. 변화는 두려움을 야기합니다. 지금처럼 달려나가는 삶을 잠시 내려놓고자 하는 순간, 내 위치가 위태로워질지도 모른다는 걱정, 나를 위한 시간을 가져도 정말 괜찮을지에 대한 불안, 앞으로의 불확실한 미래에 대한 염려가 한꺼번에 밀려올 수 있습니다. 잊지 마세요. 그 또한 삶이라는 마라톤의 일부일 뿐입니다.

익숙한 패턴에서 벗어나려면 삶의 작은 것들을 바라보는 것부터 시작해야 합니다. 살아 있음과 아름다움을 경험할 수 있는 나만의 능력을 가지는 것입니다. 일상에서 하루 단 30분이라도 좋아하는 것에만 집중하는

시간을, 일부러라도 만들어야 합니다. 행복은 빈도이
지 한 번의 양으로 결정되는 게 아니니까요. 무엇보다
소중한 것은 나 자신입니다. 내가 나를 다그칠수록 달
릴 힘조차 잃어버릴 수 있다는 사실을 잊지 마세요.

prescription.

삶의 에너지는 무한하지 않습니다.

스트레스를 받는 만큼 쉬고 충전할 시간이 필요합니다.

이제 와서 무언가를
좋아할 수 있을까요?

독감으로 지쳐 아무것도 할 수 없었습니다. 에너지
는 떨어지고 책을 읽어도 머리만 아프고, 가만히 누워
만 있자니 심심해서 유튜브를 보기 시작했죠. 그때부
터 멈출 수 없는 영상의 세계로 빠지고 말았습니다.

2미터가 넘는 '펭수'의 재치와 귀여움에 빠졌다가,
20대와 50대인 '주닐'님 영상에 빠졌다가, '워크맨'까
지 보게 되었습니다. 이렇게 재미있을 수가! 왜 이 세
계를 진작 몰랐을까 싶었습니다. 누군가의 열렬한 팬
이 되어본 적이 없었습니다. 만나지도 못할 연예인을

좋아할 에너지도 없고 그저 귀찮았으니까요. 홍콩 배우와 농구선수를 두고 팬덤이 갈리던 시기, 저는 그렇게 좋아해봤자 만나지도 못할 텐데, 라며 시큰둥했죠.

하지만 '덕질'의 세계란 언젠가 한번은 빠져들게 되는 걸까요? 지금은 〈자이언트 펭 TV〉가 업데이트 되기를 마냥 기다립니다. 이번에는 또 어떤 모습으로 나올지도 기다려지고요. 무언가를 좋아하는 마음이란 이런 것인가 싶습니다. 놀이치료를 하던 아이가 선생님은 유튜버 가운데 누구를 좋아하냐고 묻네요. 제가 아이에게 되묻자 자기는 '도티'와 '대도서관'을 좋아한다고 대답합니다. 다시 묻는 아이에게 저는 결국 이렇게 대답했죠.

"나는, 펭수."

"뭐예요, 선생님. 어른이 펭귄 탈 쓰고 나오는 건데, 그게 뭐가 좋아요?"

저는 그때 속으로, '펭수는 펭수야'라고 대꾸했습니다. 뽀로로를 보고 또 보는 아이들 마음이 너무나 이해가 갔죠.

무언가를 좋아하는 마음이 우리에게 주는 것들

무엇이든 좋아하는 일들이 생기면 힘이 납니다. 배우자와 사별하고 자녀들은 독립해서 혼자 살던 75세 할머니가 우연히 보이스 러브 만화에 빠집니다. 무미건조한 나날들이 조금씩 변해갑니다. 만화 《툇마루에서 모든 게 달라졌다》는 뒤늦게 연애 만화에 빠진 75세 할머니와 17세 여고생의 우정 이야기입니다. 몸도 성치 않은 할머니가 한 번도 가본 적 없는 작가 이벤트에까지 갑니다. 할머니 표정이 어린 소녀처럼 해맑게 변해갑니다.

팬이 되어 누군가를 쫓아다닐 만한 에너지는 없지만, 무언가를 좋아하는 것만으로도 기쁨이 솟아납니다. 김재용 작가는 오드리 헵번에 관련된 책을 쓰고 싶다면서 기획안을 보여준 적이 있습니다. 그때의 생각들이 마침내 정말 책으로 나왔습니다. 《오드리 헵번이 하는 말》, 부제는 '아름답게 나이 드는 50가지 방법'입니다. 그는 영화 〈로마의 휴일〉을 통해 오드리 헵번을 처음 보고 반한 뒤, 오드리 헵번이 사망한 뒤에도 관련 자료를 모조리 찾아보다가 그녀의 삶까지 사랑하게 되었다고 합니다. 스타일과 일과 가족 사이에 균형을 잡

는 법, 나로 살면서 충만해지는 법 등, 오드리 헵번을
멘토로 삼아 살아왔다고 합니다. 누군가를 좋아하고
더 깊이 사랑할 수 있는 마음이 느껴졌습니다. 그 마음
이야말로 우리 삶을 더 즐겁게, 아름답게 가꿔줄 수 있
겠지요.

prescription.

때로는 몰입과 관심이
현실을 버티게 하는 힘을 줍니다.

생각하고 싶지 않은 일이
계속 생각나요

글을 쓰고 싶었습니다. 머릿속에 할 말은 많은데 모니터 화면만 보면 아무 생각도 떠오르지 않았죠. 생각이 글로 나오지 않는 이유를 찾지 못해 마음만 답답해졌습니다. 글을 쓰고 싶다고 생각한 뒤 2년 동안 쓰다가 또 그만두기를 반복했죠. 예전에는 혼자서 공부하는 자기주도 학습이 제게 맞다고 여겼습니다. 대학원 입시도 혼자 준비했고, 학창 시절에도 방학 때 한두 번 학원에 간 것 이외에는 혼자 공부했기 때문입니다. 그래서 글도 혼자 붙잡고 한참을 있었습니다.

그러나 글쓰기에는 도무지 습관이 들지 않더군요. 고민하던 저는 거금을 내고 카페에 가입했습니다. 글을 쓰고자 하는 사람들을 만날 수 있는 곳에 가기로 한 것입니다. 그렇게 글 쓰는 습관을 갖게 되었습니다. 글은 내가 쓰는 것이고 결코 누군가 대신해주지 않는다는 사실도 알게 되었고요. 새로운 일을 하고 싶다면 그 일을 하고 싶어 하는 사람들 속으로 들어가는 게 필요하다는 사실도 그때 깨달았습니다.

필요하지만 하기 싫은 것이 있는데, 바로 운동입니다. 요가, 방송 댄스, 필라테스 등을 해보았지만 딱히 즐겁지 않았습니다. 운동할 때 교관처럼 소리 지르는 강사도 싫었고, 예쁜 비키니를 입어야 하니 살을 빼야 한다는 등의 말들도 듣기 싫었습니다. 굳은 얼굴로, 기계처럼 억지로 하는 선생님과 함께 있으면 같이 무기력해지는 느낌이 들기도 했고요. 그러다 보니 운동하면서 싫어지는 게 점점 더 많았습니다.

요즘은 30분 정도 근력운동을 하는데, 운동 선생님이 좋아서 하고 있습니다. 선생님은 아로마 향으로 늘 기분을 좋게 해주었고 무리하지 말고 적절히 운동하라면서 북돋아주니까요. 운동하면서 얼굴 찌푸리면 주름

생긴다는 말에 웃음이 절로 나기도 했습니다. 처음에는 숨도 쉬지 못할 정도로 힘들었어요. 주 3회씩 한 달 넘게 하다 보니 그제야 따라갈 수 있었죠. 혼자서는 운동하지 못할 것 같은 제게는 이 선생님과 25분간 하는 운동이 딱인 듯했어요.

홀로 움직이는 게 귀찮고 힘들 때면, 타인들과 함께 하는 작업이 필요합니다. 습관을 만들고 해보고 싶은데 할 수 없을 때는, 함께 그룹을 지어서 하는 과정이 유용하죠. 마음이 맞는 괜찮은 코치가 있다면 더 좋고요. 운동을 하고 싶은데 하지 못하고 있다면 어디든 한번 들어가서 일단 시도해보라고 권하고 싶습니다. 먼저 해보고 아니면 그만두면 되니까요.

생각을 멈추고 몸을 움직이기

걱정 때문에 잠을 이루지 못하거나 강박적인 사고 때문에 힘들어하는 직장인들을 만날 때가 많습니다. 생각하고 싶지 않은데 생각이 계속 떠올라 멈출 수가 없다고요. 그럴 때는 몸을 움직이라고 권유합니다. 우울한 분들에게 실제로도 운동을 권유합니다. 겨울이 되면 우울증이 더 심해진다는 분들도 많죠. 그럴 때일

수록 몸을 움직여야 합니다. 생각을 비우고 시작하는 거죠. 내 몸에 더 집중해보는 겁니다. 일주일에 한두 번이라도 움직이는 겁니다.

저를 비롯한 현대인에게는 몸을 움직일 일이 점점 줄어듭니다. 몸을 움직이지 않으면 잡다한 생각이 많아지죠. 생각에 생각이 꼬리를 문다면, 일단 자리에서 일어서 기지개를 켜보는 건 어떨까요.

하나의 습관을 바꿈으로써 변화가 시작됩니다. 상담을 하면서 몸과 마음에 관심을 기울이게 되고, 헬스를 시작하면서 야식을 즐기던 식습관을 바꾸고, 그러면서 담배를 끊기로 하고요. 그러다 담배와 함께 하던 술이 줄어들고 가족과 보낼 시간이 더 늘어나 아이들과의 관계가 좋아지기도 하고요.

생각만 많이 한다고 해서 그 문제가 해결되지 않는다면, 다른 습관을 만들어보세요. 한번 물길이 나면 그 길로만 물이 흐르죠. 생각과 마음도 마찬가지입니다. 새로운 물줄기가 흘러나가도록 몸과 마음을 스스로 꾸준히 열어야 합니다.

prescription.

**고민이 깊을 때는 마음에서 잠시 벗어나
몸을 움직여보세요.**

나는 회사가 아니라는 걸
기억해주세요

여전히 방황하는 중인가요? 취직만 하면 만사 해결 될 줄 알았는데, 현실은 녹록지 않을 거예요. 회사원이 된 뒤에도 진로 고민을 할 줄 누가 알았을까요? 어쩌면 지금 이 책을 든 당신은 퇴사를 눈앞에 두고 다른 꿈을 꾸고 있을지도 모릅니다.

아무리 좋아하는 일이라도 도돌이표처럼 반복되면 지치기 마련이고요. 지금까지 경험하지 못한 다양한 사람들을 만나면서 이런저런 관계의 어려움도 겪게 됩니다. 무엇보다 내가 원하는 대로 나의 시간을 살아갈 수 없다는 이유로 사람들은 자꾸 퇴사를 꿈꿉니다.

일은 결국 밥벌이입니다. 취미가 아닌 이상 책임을 져야만 하고 그로 인한 무게를 감당해야 합니다. 퇴사를 한 사람만이 용감하다고 생각하지 않습니다. 남아서 하던 일들을 꾸준히 해나가는 사람들도 자신의 삶을 책임 있게 살아가는 것입니다.

지금의 직업만 아니면 다른 삶이 이루어질 것 같지만, 직업은 반복적이고 고된 일들의 연속인 경우가 많습니다. 간신히 자기 사업을 시작했는데 제품에만 신경 쓰느라 홍보, 마진율 관리 등은 제대로 준비하지 못해서 금방 문을 닫기도 하고, 디자인 실력은 좋지만 영업 능력이 부족해서 결국 회사로 돌아가는 경우도 있습니다. 몇 차례 퇴사 끝에 마침내 자신이 원하는 일을 찾은 이들도 있지요. 삶은 위기를 만나고 이를 넘기는 순간의 연속인 것 같습니다.

누군가 제게 상담실을 차린 지금은 행복하냐고 묻는다면 행복하다고 대번에 답하지는 못할 것 같네요. 여전히 걱정 근심도 많고 힘든 일도 많습니다. 그럼에도 불구하고 사람들의 마음을 위로하기 위해 책을 내고, 유튜브콘텐츠나 직장인 대상 프로그램을 기획하는 등 새로운 시도를 계속하는 것을 보면 이 일을 퍽 사랑하고 있는 것 같습니다. 혹은 상담사의 일로만은 만족하지 못한다고 말할 수도 있겠군요.

일 또한 나의 정체성의 일부를 찾는 과정일 것입니다. 회사 일을 통해서 나의 시간을 팔고 돈이라는 대가를 받는다면, 그저 흘려보내는 대신 그 일을 통해서 나에 대해서 알아가는 시간을 가졌으면 합니다. 다만 회사가 오로지 나의 전부는 아니라는 걸 꼭 기억했으면 합니다. 우리는 평생을 통해 나 자신을 배워가는 곳은 회사뿐만이 아닙니다.

하나 더 전하고 싶은 말이 있습니다. 직장 생활이 도저히 견딜 수 없어서 삶의 쉼표가 필요하다면 내 몸과 마음을 쉬어가는 페이지를 만들어도 괜찮습니다. 남들처럼 평범하게 직장 생활을 못한다는 죄책감을 느낄 필요는 전혀 없습니다. 반듯하게 목표를 보고 살아가야만 내 삶이 열리는 것은 아니니까요. 타인과 부딪히며 새로운 세상을 만나는 과정에서 당신은 이미 성장하는 중인지도 모릅니다.

KI신서 9534

월요병도 산재 처리해주세요

1판 1쇄 인쇄 2021년 2월 10일
1판 1쇄 발행 2021년 2월 17일

지은이 안정현(마음달)
펴낸이 김영곤
펴낸곳 ㈜북이십일 21세기북스

출판사업본부장 정지은
뉴미디어사업팀장 이지혜 **뉴미디어사업팀** 이지연 강문형
마케팅팀 배상현 김신우 한경화
영업팀 김수현 최명열 **제작팀** 이영민 권경민

출판등록 2000년 5월 6일 제406-2003-061호
주소 (10881) 경기도 파주시 회동길 201 (문발동)
대표전화 031-955-2100 **팩스** 031-955-2151 **이메일** book21@book21.co.kr

(주)북이십일 경계를 허무는 콘텐츠 리더

21세기북스 채널에서 도서 정보와 다양한 영상자료, 이벤트를 만나세요!
페이스북 facebook.com/jiinpill21 포스트 post.naver.com/21c_editors
인스타그램 instagram.com/jiinpill21 홈페이지 www.book21.com
유튜브 youtube.com/book21pub

당신의 인생을 빛내줄 명강의! 〈유니브스타〉
유니브스타는 〈서가명강〉과 〈인생명강〉이 함께합니다.
유튜브, 네이버, 팟캐스트에서 '유니브스타'를 검색해보세요!

ISBN 978-89-509-9377-1 03810